www.tredition.de

Viel Freude
beim Lesen

und

herzliche Grüße

Leonberg, den 23.7.21

Nicole Weis

Neues Land

www.tredition.de

© 2021 Nicole Weis

Verlag und Druck:
tredition GmbH, Halenreie 40-44, 22359 Hamburg

ISBN
Paperback: 978-3-347-18693-4
Hardcover: 978-3-347-18694-1
e-Book: 978-3-347-18695-8

Das Werk, einschließlich seiner Teile, ist urheberrechtlich geschützt. Jede Verwertung ist ohne Zustimmung des Verlages und des Autors unzulässig. Dies gilt insbesondere für die elektronische oder sonstige Vervielfältigung, Übersetzung, Verbreitung und öffentliche Zugänglichmachung.

Für unsere Kinder.

Inhalt

Sommer 2020 13
Die neue Welt 14
Begegnungen 21
Annas Katze 28
Nachbarn 31
Gegensätze 39
Kein Empfang 47
Pakete 56
Der Balkon 58
Die Schaukel 68
Grenzüberschreitungen 74
Anna 77
Das Frühjahr 85
Hinter dem Walnussbaum 87
Unsere gemeinsame Geschichte 92
Fast Dating 96
Sandra 99
Potenzial 110
Die Handballkatze 120
Vanessa 123
Annas Mutter 137
Das Tiny House 147
Rebellion 152

Annas Koffer	159
Geburtstage	164
Der Sommer, der nicht endete	171
Veränderung	179
Manche Dinge	182
Träume	187
Das Jahr, das nicht endete	195
Trennung	215
Kaleidoskop	228
Abschied	232
Die neue Welt	235
Nachwort - Ein Sommer	237
Seite fürs Poesiealbum	240

Das möchten wir?

Eine Villa aus Fenstern mit großer Terrasse
Vorne der Bodensee und hinten die Königsstraße
Mit unverbaubarer Aussicht, ländlich, aber mondän
Vom riesigen Badezimmer ist der Fernsehturm zu sehn
Abends zum Fitnessstudio ist es nicht weit
Morgens im Büro zelebrierst du die Heimarbeit

Das Ganze schlicht, die Dekoration von Algorithmen ausgewählt
Dank Facebook und Co kocht in deiner Küche auch die ganze Welt
Kein Garten, wo Eichen oder Linden draufstehen
Dafür eine Tiefgarage, größer als manch eine Wohnung anzusehen
Schrankzimmer, Smart-Home, Vakuum
Eine Dienerschaft, digital, aber nicht dumm

(modifiziert nach einem Gedicht von Kurt Tucholsky, 1927, „Das Ideal")

Sommer 2020

Ich stehe mit dem Rücken zu den Dünen und beobachte das Meer.

Wir sind insgesamt zehnmal umgezogen, haben jedes Mal die Heringe aus dem Sand gezogen und uns dem stetigen Herankriechen des Meeres geschlagen gegeben.

Es ist nur ein Zelt, kein Haus und keine Heimat, die wir mit uns herumschleppen. Aber es wird mir klar, was das Ansteigen des Meeresspiegels für uns alle bedeuten kann.

Keiner hat es für möglich gehalten, dass heute die Flut den größten Sandstrand an der Nordsee überfluten wird. Es ist eine weite Ebene, die sich langsam mit Wasser füllt. Die Ausläufer des Meeres kommen immer näher. Wie kleine Zungen, die nach dem Land lecken.

Immer mehr wird der Strand zu einer endlosen Ebene aus Wasser. Nur die Holzstangen, die den Hundestrand begrenzen sollen, zeigen uns, wo wir vor einer halben Stunde gesessen haben. Wie weit entfernt wir davon sind. Wie nah das Wasser gekommen ist.

Und dabei schleppen wir nur ein Zelt und kein Zuhause mit uns herum.

Die neue Welt

Die neue Welt liegt heute nicht in Amerika. Man spart auch nicht für eine Reise über den Ozean, sondern ist froh, wenn man ein bezahlbares Grundstück in einem der Vorstädte gefunden hat.

Anna hatte dieses Glück. Sie und ihre Familie zogen in die neue Welt der Immobilien, nach Salzbach, einer Kleinstadt in der Nähe von Stuttgart. Schon damals wohnten hier vor allem Menschen, die von der Automobilindustrie abhängig waren. Und je mehr Automobilzulieferer sich um die Kleinstadt herum ansiedelten, umso teurer wurde es, dort zu wohnen. Anna und ihr Mann waren froh, ein paar Jahre vor diesem Boom das Grundstück direkt von der Stadt kaufen zu können. Denn erst ein paar Jahre später kam die Baubehörde auf die Idee, die restlichen Grundstücke an die Meistbietenden zu versteigern. Schon allein dafür war Anna dankbar.

Sie lebten nun in einem kleinen Wohngebiet, das einigermaßen überschaubar war. Kleine Grundstücke, die von oben wie Briefmarken aussahen. Aber immer noch besser, als unten am Salzbach in einer der neu entstehenden Wohnungen zu wohnen, die inzwischen dasselbe kosteten wie noch vor wenigen Jahren ihr Haus.

Als sie hier einzogen und Anna das erste Mal in der Küche stand, mit Blick auf den alten Walnussbaum des unteren Nachbarn, fühlte sie sich frei, vielleicht auch das erste Mal angenommen in einer Region, die nicht ihre Heimat war.

Der Ausblick nach vorn streckte sich weit, anders als bei den Häusern rechts unterhalb, die so lang wie Dackel waren und die noch ein halbes Stockwerk obendrauf gebaut hatten, für die Kinderschlafzimmer, damit überhaupt genügend Platz war für eine ganze Familie. In diesen Häusern gingen die Kinder nicht über eine Treppe, sondern sie kletterten über eine Leiter ins Schlafzimmer. Je älter sie wurden, umso mehr mussten sie sich bücken. Ein aufrechter Gang war nur als Kleinkind möglich. Wenn sie in ihren Betten lagen, schauten sie auf die LED-Lampen an der Zimmerdecke und sahen nicht die Sterne, weil das nächste Haus den Blick in den Himmel versperrte.

Im Dunkeln sahen diese Häuser wie stolze Eulen aus, mit rechteckigen Fenstern als Augen, die abends in die Landschaft starrten. Tagsüber wehrten sich große Fensterfronten gegen den mangelnden Ausblick.

Das Haus, in dem Anna mit ihrer Familie wohnte, sah fast genauso aus wie die anderen neuen Häuser drum herum. Fast alle waren weiß verputzt mit großen Fensterfronten und dunkelgrauen Fensterrahmen. Ein einheitlicher Baustil, wo es dem Betrachter schon auffiel, wenn eine Eingangstür in Weiß und nicht in anthrazitgrauer Trendfarbe verbaut worden war.

In der Straße, in der Anna wohnte, standen immer drei Häuser nebeneinander. Dann kamen drei Reihenhäuser und dann wieder drei freistehende Häuser. Anna wohnte in einem der mittleren freistehenden Häuser. Leider gab es zwischen den Häusern nicht mehr als drei Meter Abstand. Dadurch blieb genügend Platz für eine Garage, aber kein Platz für aufwändige Vorgärten.

Die offenen Wohnküchen, die nach hinten in den eigentlichen Garten rausgingen, hatten Eckfenster, durch die sie unfreiwillig bis in die Küche des Nachbarn hineinschauen konnte, oder wenn sie im Wohnbereich stand, in die Küche des anderen Nachbarn. Wenn Anna nach rechts und links schaute, fiel ihr daher auch nicht der unfertige Garten auf, sondern der geringe Abstand zwischen den Häusern. Zwar wusste sie vorher schon, dass die Grundstücksfläche nicht an das ihres Elternhauses in Hamburg heranreichte, wo die Grundstücke mindestens doppelt so groß waren und es noch genügend Platz für kleine Streuobstflächen gab. Aber nun, als sie in der Küche stand und nur mit einem Kopfdrehen von rechts nach links in die Küchen der anderen beiden Häuser schauen konnte, wurde ihr doch ein bisschen schwindelig.

Sie wollte ihren Kopf gerade wieder in Richtung Walnussbaum drehen, als sie sich im Spiegelbild sah. Sie sah eine Frau so wie sie, die fast in derselben glänzenden Küche stand und die ihr zuwinkte. Erschrocken trat sie einen Schritt zurück, wie wenn sie im eigenen Haus als Einbrecherin ertappt worden war.

Als sie vorsichtig wieder einen Schritt nach vorne ging, klammerte sie ihren Blick an den Walnussbaum vom Nachbarn gegenüber, und doch sah sie im Augenwinkel diese Frau, die immer noch winkte, und nun auch eine zweite, die es ihr von der anderen Seite her gleichtat. Anna musste daran denken, wie sie beim Kindergeburtstag ihres Sohnes in einem Spiegellabyrinth gestanden hatte und dabei das Gefühl hatte, die Spiegel würden von allen Seiten auf sie zukommen und sie verschlingen.

Anna konzentrierte sich wieder auf den Walnussbaum, den ersten Punkt in der Ferne und schaute langsam nach links und dann nach rechts. Sie kam sich vor wie bei der Gymnastik auf dem Trampolin, wenn sie einen Punkt fixierte und den Einbeinstand übte.

Je mehr Anna den Walnussbaum fixierte, umso sicherer fühlte sie sich und fing auch an zu winken. Erst zögernd, dann zunehmend mutiger, schließlich lächelnd. Sie lächelten sich gegenseitig an und winkten sich zu: Anna, die Ärztin, Sandra, die technische Zeichnerin und Vanessa, die Lehrerin. Sie kannten einander nicht, und sie wussten nichts voneinander. Nur der Blick durch das Küchenfenster verband sie und machte diesen ersten Moment zu etwas Magischem.

Erst durch ihre Kinder lernten die Nachbarinnen sich richtig kennen. Der kleine Spielplatz unterhalb des Wohngebietes bot hier die idealen Voraussetzungen.

Als sie sich dort das erste Mal persönlich trafen, überwog der Zauber des Anfangs. Gepaart mit einer Prise Neugier erfuhren sie schnell sehr viel voneinander. Mehr als vermutlich andere Nachbarn oder sogar manche Ehepaare voneinander wussten. Dies lag einfach daran, weil sie alle Kinder in demselben Alter hatten und zur selben Zeit am selben Ort neu angefangen hatten. Alle drei Familien hatten mehr oder weniger Schulden gemacht. Alle drei Mütter hatten die Hoffnung, dass die Schulden bis zur Rente abbezahlt sein würden. Und alle Kinder gingen in denselben Kindergarten oder in dieselbe Schule. Das reichte für den Anfang. Das war schon Grund genug, sich näher kennen lernen zu wollen, egal ob man auch dieselben Lebenseinstellungen teilte. Da sie sich von den Küchenfenstern aus zuwinkten, war zumindest der Humor schon mal der Gleiche, darin waren sich alle drei Frauen schnell einig.

Wenn Anna auf der Terrasse stand, konnte sie hinter dem Walnussbaum die nächste Hügelkette sehen. Eigentlich ein Traumblick, wenn sie sich vorstellte, ganz allein zu sein. Anna fühlte sich dann fast wie in den Bergen, wenn sie ihren Blick über die Kante der Terrasse schweifen ließ. Sie kam sich gefährlich nah am Himmel vor. Und auf einmal fühlte sich das lachsfarbene Morgenrot wie Medizin in ihren Haaren an.

Wenn sie auf der Terrasse stand, dachte Anna immer auch an ihre Kindheit. In der Wohnsiedlung, wo sie aufgewachsen war, waren die Spielplätze verschwunden und durch Parkplätze ersetzt worden. Dadurch schrumpfte die

Grünfläche noch mehr in sich zusammen. Die Wiese hinter den Häusern war längst nicht mehr so groß wie in ihrer Erinnerung, jetzt, da sie nicht mehr durch die Augen eines Kindes hindurchsah. Sie spürte noch die Enttäuschung, als auf einmal alles so klein geworden war. Der Spielplatz, der verschwunden war. Die Wiese, auf denen sie Fangen gespielt hatten. Es war ein Ort, der unendlich weit war für sie als Kinder, aber sehr überschaubar für sie als Erwachsene. Vielleicht war sie genau deswegen auf die Halbhöhenlage nach Salzbach gezogen, wo die Weite ein bisschen weniger vorgetäuscht war.

Schon allein deswegen war Anna glücklich. Der Blick von der Terrasse, wo das Grün der Bäume nur hingetupft wirkte und Kondensstreifen wie scharfe Klingen den Horizont zerteilten. Dann fühlte sich das Leben leicht an, und die Geräusche zerteilten sich über die Welt. Das Knarren der Holzterrasse, und Anna stand schließlich still, weil sie merkte, dass sie nicht inmitten von Reisterrassen, sondern in Salzbach stand.

Sie hatte es nicht gleich gemerkt, aber das Kratzen der Raben auf dem Metall der Dachabdeckung hatte sie aus ihren Träumen gerissen. Helles Kinderlachen oben am Berg brach auf sie herunter. Das Singen der ersten Frühlingsvögel. Das Rascheln der Blätter. Wind bis unter die Haut. Anna hält inne und hält den Atem an. Als der Wind dreht, hört sie das Rauschen der Autos auf dem Asphalt. Unten an der Autobahn, ein Rauschen wie das Meer, nur ohne Rhythmus. Gleichförmig und auch beruhigend, wenn man sich darauf einlassen kann.

Begegnungen

Den Tag, an dem die Nachbarinnen gegenseitig an der Haustür klingelten, gab es anfänglich nie. Denn als ihre Kinder noch klein waren, trafen sich die Nachbarinnen meistens auf dem Spielplatz.

Drei Frauen, ihre Kinder, Äpfel und Kekse, so fing es an. Sie redeten über alles und über nichts. Seltsam war nur, dass sie erst darüber sprachen, wer sie waren und viel später über Belanglosigkeiten redeten. Über die Milch vom Discounter, die sich nicht mehr aufschäumen ließ. Über den Bäcker, der an Feiertagen nicht mehr geöffnet hatte. Über die Ungewissheiten des täglichen Lebens redeten sie erst, nachdem sie die Lebensläufe der anderen geknackt hatten. Als müssten sie sich zuerst und mit einem Mal alles anvertrauen, weil morgen die Welt zusammenbrechen könnte. Dabei waren sie nur froh, wenn die Kinder friedlich spielten und sie endlich ungestört reden konnten. Nicht mit dem Ehepartner, der meistens zu spät nach Hause kam, sondern mit den Nachbarinnen, die mindestens genauso neugierig waren, etwas vom Gegenüber zu erfahren. Über den Mann, den Job, die Geburten und die Kinder, die sich währenddessen willensstark wie ihre Mütter gegenseitig die Sandformen wegnahmen.

Anna war ein bisschen außer Übung. Wenn sie zu viel auf einmal dachte, stotterte sie. Sandra hingegen liebte diese Gespräche und tauchte wie ein schillernder Fisch in sie hinein. Während Vanessa beim Sprechen kleine Löcher in den Sand grub und die anderen zuerst nicht ansah, aber dann zunehmend auftaute, weil es irgendwie doch ganz nett war. Anna, die ihr schließlich beim Ausgraben half. Und Sandra, die keine Geheimnisse hatte. Sie konnte über ihre Gebärmutterentfernung reden als wäre es das Normalste von der Welt.

Nur über Annas Beruf unterhielten sich Vanessa und Sandra nicht gern. Anna spürte es sofort, als sie das erste Mal auf dem Spielplatz waren. Anna, eine Ärztin für Krebserkrankungen. So etwas ließ man nicht gern an sich heran. So etwas brauchte und wollte keiner. Anna kannte das schon aus anderen Situationen. Sie wusste schon, wann die anderen Gesprächspartner mit Abwehr reagierten und wann man besser nicht darüber sprach. So war es auch bei Vanessa, die nur kurz sagte: *Oh mein Gott, das muss bestimmt total anstrengend sein!* Anna erwiderte daraufhin wie ein Automat: *Deswegen mache ich die andere Hälfte des Tages auch etwas anderes.* Damit war das Thema durch. Sie sprachen nie wieder darüber. Wie wenn man sich von der Ferne aus damit anstecken konnte.

Über alle anderen Themen unterhielten sich die drei Frauen gerne. Das musste reichen für den ersten Sommer, als die Kinder noch klein waren und noch nicht zur Schule gingen. Und wenn die Themen mal ausgingen, konnten sie sich immer noch um die Kinder kümmern, sich ein Alibi suchen, wenn das eine Kind schrie und das andere sich im Schoß der Mutter vergrub, weil es einfach nicht verstehen konnte, wieso die Erwachsenen nicht mitspielten.

Irgendwann schwiegen sie, weil sie sich fast alles gesagt hatten: Anna, aus Hamburg, Ärztin, zwei Söhne, verheiratet mit einem Bioniker (was sie erst erklären musste). Vanessa, aus Stuttgart, Gymnasiallehrerin, ein Sohn, verheiratet mit einem Porsche Senior Chief Challenge Manager (keine traute sich nachzufragen, was das eigentlich bedeutete). Und Sandra, einheimisch, technische Zeichnerin, eine Tochter und ein Sohn, verheiratet mit einem Ingenieur bei Mercedes (das war doch mal bodenständig!).

Und nachdem sie sich *fast* alles gesagt hatten, kamen schließlich die Details. Eine Gemeinschaft aus dem Bilderbuch ihrer Zeit: Anna mit fünfzig Prozent erwerbstätig, Vanessa fünfundsiebzig Prozent und Sandra seit kurzem auch wieder fünfzig Prozent berufstätig. Nur bei Vanessa reichte das Geld, das ihr Mann verdiente, für mindestens eine ganze Familie. Bei Anna und Sandra war es so wie bei den meisten anderen. Man konnte es sich nicht mehr leisten, dass nur ein Partner arbeiten ging.

Es waren drei Mütter am Rand einer Sandkiste, die sich auch etwas anderes vorstellen konnten, außer der Sonne über Salzbach. Ihr Blinzeln in die Ferne hinein. Sprechblasen, die durch die Luft flogen. Man brauchte sich. Man brauchte sich nicht. Das war die Welt.

Einen Sommer später war klar, dass man auch mit den Jahreszeiten lebte. Das bedeutete, dass die Frauen sich im Winter eher selten sahen, im Sommer dafür umso mehr.

Im Winter trafen sie sich immer dann, wenn Schnee gefallen war. Sie zogen die Kinder auf dem Schlitten zusammen durch den Schnee und tauschten Neuigkeiten aus.

Im Sommer hingegen war die Zeit des Draußen-Spielens und des Spielplatzes. Dann trafen sich die drei Frauen untereinander sogar häufiger als mit dem eigenen Ehemann. Aber bevor sich der Eindruck festigte, man wäre mit den Nachbarinnen liiert, schlich sich der Herbst ein. Stürmisches Wetter, das die Drachen davon wehte und mit ihnen die Vorstellung von einem Sommer, der ruhig ewig dauern könnte.

Die Nachbarinnen winkten sich nun wieder häufiger durch die Fensterscheiben zu und bekamen das Gefühl, in einem großen bunten Bild von Van Gogh zu sitzen. So dachte jedenfalls Sandra, die an einem dieser langen Herbsttage wieder zu malen anfing. Erst gemeinsam mit ihren beiden Kindern, eine Fingerfarbensauerei, dann allein, mit warmen Pastelltönen. Allein malte sie nur, wenn alle schliefen und wie durch Watte das leichte Rauschen der Autobahn zu hören war.

Sandras erstes Bild kaufte Vanessa. Ein Aquarell, kubistisches Siena, aber noch als Siena erkennbar. Starke Pinselstriche um den Piazza del Campo. Farbige Palazzi, in orangenes Terrakotta getaucht. Ein Ort der Sehnsüchte, Türme inmitten von Träumen. Wer das Bild anschaute, vergaß das Denken. Wenn der Himmel nirgendwo endete, dann hier.

Aber vor allem war es das Glück, das in diesem Bild zu spüren war, als Sandra nach langer Zeit wieder zu malen angefangen hatte. Kein Meisterwerk, aber ein Kunstwerk von Sandra. Vanessa wollte es unbedingt haben, als orangenen Farbklecks in ihrem Wohnzimmer. Unmissverständlich teilte sie den anderen Frauen mit: *Durch dieses Bild scheint jetzt jeden Tag die Sonne.*

Und Sandra, die gerade an ihrem zweiten Bild malte, hatte nichts dagegen. Anna wiederum, die gerade kein Geld hatte, um es zu kaufen, konnte es nun durch ihr Küchenfenster sehen. Sie schwärmte: *Ja, es ist wirklich schön.*

Ein paar Jahre später hing das Bild immer noch in Vanessas Wohnzimmer und neben ihr ein anderes Bild von Sandra, die nun regelmäßig Gast in der Stadtbücherei war, um dort ihre Bilder auszustellen. Die Sommer wurden länger, die Winter kürzer. Und immer mehr richtete sich die Häufigkeit, wie oft sich die drei Frauen trafen, auch nach dem Alter der Kinder. Wenn die Kinder nicht mehr auf den Spielplatz gingen, sondern für die Schule lernten oder Computerspiele spielten, mussten sie andere Gründe finden, um sich zu treffen. Es war schwierig, aber nicht unmöglich. Meistens trafen sie sich dann bei der

Gartenarbeit oder gingen dazu über, dass die Kinder zusammen Hausaufgaben machten. Die Großen halfen den Kleinen. So etwas gab es sonst nur in den Büchern über Bullerbü.

Es war ein magisches Dreieck, eine stille Übereinkunft zwischen den drei Frauen, die füreinander da waren, obwohl sie nie darüber sprachen, über ihre Gemeinschaft, die scheinbar zufällig entstand und die keine Gewissheiten brauchte.

Das Großartigste war, dass sie sich nicht vergleichen mussten. Sie hatten alle ein Haus, Kinder, einen Job und einen Mann. Dies waren die besten Voraussetzungen, um sich nicht am Glück der anderen messen zu müssen.

Immer mehr gelang es ihnen auch, dass sie nicht zurückschauten, sondern nach vorne, wenn sie sich etwas erzählten. Und während sie von den Zukunftsplänen erzählten, begannen sie immer mehr, sich auch in die Herzen hineinzuschauen.

Irgendwie sind es immer die gleichen Fragen, die man sich stellt, wenn man potenziellen Freunden begegnet: Welche Geschichte habe ich anderen von mir zu erzählen? Können wir das Lebensgefühl, das wir in uns tragen, anderen verständlich machen? Und können wir nicht nur in den Schuhen des anderen, sondern auch in seinem Seelengarten spazieren gehen? Dieser Garten, der nicht von der Sonne, sondern nur von den orangefarbenen Lichtstrahlen unseres Herzens erleuchtet wird.

Es ist eine knifflige, fast unmögliche Umarmung und nicht in Worten zu beschreiben, weil wir fast keine Worte dafür haben, um zu beschreiben, wer wir wirklich sind.

Annas Katze

Wie sehr sich die Frauen auf die anderen verlassen konnten, erfuhren sie erst durch Notsituationen. So wie bei Vanessa, als sie sich im Winter ausschloss und sich mit ihren Kindern bei Sandra aufwärmen konnte. Oder Sandra, die einen wichtigen Termin vergaß und nun ihre Kinder bei Anna lassen konnte, bis sie wieder zurückkam.

Besonders schlimm erging es Anna, die mit einer Grippe im Bett lag, ihre zwei kleinen Kinder zuhause, Großeltern nicht vor Ort, Mann auf Geschäftsreise. Es war der ganz normale Wahnsinn in einer globalen und durchgetakteten Welt, wäre nicht auch noch ihre Katze gestorben. Altersschwach, nicht unerwartet, aber trotzdem schlechtes Timing, dachte Anna, die im nächsten Moment vor Fieber schon nicht mehr klar denken konnte.

Es half nur ein verzweifeltes Winken über die Küchentheke, und Sandra kam sofort. Vanessa, die eigentlich nicht wirklich Tiere mochte, kam auch, nur etwas später, als die Katze schon verpackt vor der Terrassentür lag.

Ihr schlechtes Gewissen ließ Vanessa hinter sich und griff gleich nach der Schaufel, um es möglichst schnell hinter sich zu bringen. Sandra beruhigte die Kinder, die Vanessa hinterher liefen, als würden sie einem Fackelzug folgen, in den kleinen Händen eine Kerze, die fast größer war als sie selbst.

Sandra war in ihrem Element. Taschentücher austeilen, Erklärungen abgeben, warum die Katze jetzt in einem Jutesack lag und nicht in ihrer Box auf dem Weg zum Tierarzt. Gottseidank waren die Kinder noch zu klein, um genau zu verstehen, was da vor sich ging. Während sie weinten, zogen sie an Vanessas Mantel, die sich schließlich weigerte, das Loch weiter zu graben, wenn ständig an ihr herumgefummelt wurde.

Echte Freunde bleiben auch da, wenn es schwierig wird. Anna stand hinter der Terrassentür und kippte fast um vor Fieber und Schmerz. Ausgerechnet jetzt, ein Jahr nachdem sie hier eingezogen waren, starb Annas Katze, die ihr zugelaufen war, lange bevor sie an ein geregeltes Leben mit Risikolebensversicherungen gedacht hatte. Jetzt stand sie hier und fühlte sich wieder ganz wie am Anfang, bevor sie ihren Mann getroffen hatte und bevor sie sich überhaupt für irgendetwas oder irgendwen entscheiden musste. Nur ihre Katze, die hatte schon längst entschieden, wo sie bleiben wollte. Nämlich bei Anna, von der sie nun in einem farblosen Sack mit grünem Umweltlogo im Garten versenkt wurde.

Anna wankte schließlich wie auf einem Schiff bei einem starkem Sturm und fiel in Sandras Arme, die sie zurück ins Schlafzimmer brachte. Als sie wieder im Bett lag, hörte sie Sandra und die Kinder lachen und sich um Vanessas Apfelkuchen streiten. Weil sie aus der Ferne die vertrauten Stimmen hörte, schlief sie fast ein. Aber nur fast, denn die Trauer hielt sie wach. Außerdem empfand es Anna als unerhört, dass sich die Welt einfach weiterdrehte, nein, sie blieb nicht einmal stehen. Nur Annas Fieberträume rotierten weiter um den Stern, auf dem sie zusammen mit ihrer Katze spazieren ging.

Nachbarn

Mit den Nachbarn der anderen Häuser hatte Anna viel weniger Kontakt, obwohl die Abstände zwischen den Grundstücken eine Reihenhausreihe weiter auch dort nicht groß waren. Und obwohl sie mehrere Häuser weiter immer noch bis in die Küche hineinschauen konnte, weil niemand mehr Gardinen hatte, reichte der Blick dann doch nicht für ein Winken. Anna schaute in die Häuser, vielleicht auch durch die Ritzen der heruntergelassenen Jalousien, aber nicht in die Herzen der Menschen hinein. Und da sie nicht so direkten Kontakt bis ins Wohnzimmer hatte, traf sie im Winter die anderen Nachbarn nur, wenn sie die Mülleimer herausstellte.

Ja, die meisten Nachbarn waren nett. Aber man kannte sich zu wenig. Und schließlich konnte man auch nicht so wie auf Facebook mit jedem befreundet sein. Im wirklichen Leben war es dann doch etwas ganz anderes.

Zwischen den Männern war es noch schwieriger, Freundschaften zu schließen. Denn wer den ganzen Tag arbeitete, war fast nie zuhause. Und doch gab es Freundschaften, die langsam entstanden, zwischen den Radfahrern, den Gärtnern oder den Oldtimerliebhabern. Letztere fuhren dann mit geruchsintensiven Autos einmal durch die ganze Neubausiedlung, wie um zu zeigen, dass früher die Feinstaubbelastung noch viel schlimmer gewesen war.

Nein, Männer winkten sich nicht gegenseitig durch Fenster zu. Männer trafen sich auch nicht auf dem Spielplatz. Dafür standen sie im Sommer zusammen am Grill oder liehen sich Gartengeräte aus. Und im Winter gab es auch nette Nachbarn, die den Weg mit der Schneeschippe bis zum Eingang des anderen verlängerten, wenn die eigenen Männer es vergessen hatten.

Anna fand, dass sich im Vergleich zu früher nicht viel geändert hatte: Die Liebe zu alten Autos, die Rollenverteilung zwischen Mann und Frau. Sandra war da anderer Meinung: Schließlich gingen die Männer neuerdings sogar zu Grillseminaren, um kochen zu lernen. Anna, die Feministin und Hobbyköchin, musste ihr natürlich widersprechen: *Das nennst Du kochen, wenn man nur ein Steak ankokelt?* Bevor ein Streit entbrannte, lenkte Vanessa lieber ein: *Ist doch alles halb so schlimm. Denkt doch nur mal daran, dass unsere Väter und Großväter noch in Schützengräben gelegen haben.* Der Satz saß richtig, so spitz wie ein Pfeil. Und Anna, die Vergleiche liebte, verstummte und war froh, eine Geschichtslehrerin als Nachbarin und Freundin zu haben.

Die anderen Nachbarn hingegen wurden keine Freunde. Das zeigte sich schon recht früh, als sich die ersten Unterschiede offenbarten und die ersten Streitigkeiten über kleine und große Nichtigkeiten ausgetragen wurden. Am häufigsten wurde sich um Parkplätze gestritten, da einige Familien mehr als zwei Autos hatten, die dann nicht mehr in die Garagen passten. Wenn dann auch noch ein Oldtimer dazu kam, konnte es schon mal eng werden. Der Streit, wenn sich die Autos gegenseitig blockierten, war jedes Mal heftig, besonders weil sich alle im Recht fühlten. Worte fielen, die woanders ein Hausverbot zur Folge gehabt hätten. Für einen Moment vergaß man, dass man sich jeden Tag sah und nun im Gesicht des anderen im schlimmsten Fall das MoFu-Wort ablesen konnte.

Wie bei jeder guten Ehe gingen sich die Nachbarn danach aus dem Weg, auch wenn es eigentlich aufgrund der Grundstücksgrenzen unmöglich war. Zwangsläufig kam irgendwann der *point of no return*, an dem jeder sein eigenes Leben lebte und die jährlichen Straßenfeste im Sommer vergessen wurden. Es fand sich auch keiner mehr, der das Risiko eingehen wollte, sich bei den notorischen Nörglern wegen der nicht enden wollenden Suche nach einem passenden Termin unbeliebt zu machen. Nun blieb man eben unter sich, und aus dem Straßenfest wurde eine spontane Glühwein-Hocketse unter denen, die sich sowieso trafen, wenn ihre Kinder Schlitten fuhren. Wie bei einer guten Ehe, blieb es bei dem einen Mal Spontanität. *Ist doch nicht weiter schlimm*, entgegnete Vanessa, die sowieso nicht in der Kälte stehen wollte, um sich den Allerwertesten abzufrieren.

Nachdem die ersten Namensschilder angebracht waren, kamen auch die Hausierer. Die erste, die von Tür zu Tür ging, machte sich schon von weitem bemerkbar. Sie schlich nicht am Straßenrand entlang, sondern trippelte auf der Mitte der Straße, summte und kreiste mit den Armen als wäre sie eine Tänzerin, die Flugblätter für Zumbakurse verteilte. Neugierig wie anfangs alle waren, wurden die Türen geöffnet, wenn sie klingelte. Nachdem man jedoch herausbekommen hatte, was sie wirklich wollte, tat man lieber so, als wäre niemand da und als seien die lachenden Kinder hinter der Tür nur ein ganz normaler Klingelton.

Einmal klopfte sie bei Sandra vorne an die Fensterscheibe zum Treppenaufgang. Sandras Kinder spielten gerade im Flur. Sandra, die gerade keine Lust hatte, die Tür aufzumachen, robbte in den Flur und erklärte den Kindern, dass sie jetzt Indianer spielen würden. Gemeinsam robbten die Kinder ihr hinterher ins Wohnzimmer, außer Sichtweite der Treppe, wo Sandra das Chaos der gestrigen Tage überblicken konnte. Die Haufen aus Spielzeugautos und Kuscheltieren und die Reste vom Mittagessen, die noch auf dem Fußboden klebten. Nein, Besuch wollte Sandra an so einem Tag von niemandem empfangen, und schon gar nicht von Hausierern, die an die Fensterscheibe klopften.

An geeigneteren Tagen war die Hausiererin mit dem tänzerischen Hüftschwung jedoch gern gesehen, vorausgesetzt man hatte Zeit. Denn sie war ein echtes Unikat und verteilte als Ökomissionarin Flugblätter und gute Ratschläge und wies einem zur Begrüßung auf die neuesten Ökosünden hin: das vom Wind herbeigewehte Plastik im Vorgarten, der Brandgeruch der Komforöfen oder das neueste Auto des Nachbarn. Wenn sie mit ihrem *Das müssen wir erst noch lernen* begann, machte man am besten gleich die Tür wieder zu, oder ließ sich von ihr eine halbe Stunde lang geduldig erklären, warum sie eine Palmölphobie hatte, eine Planetendiät durchzog und wie sie ihren Hund zum Vegetarier umerzogen hatte.

Wenigstens ihre Verabschiedung gab keine Rätsel auf, wenn sie einem in breitestem Schwäbisch ein *Adeele* entgegen trällerte.

Drei Jahre, nachdem fast alle eingezogen waren, wurden auch die letzten Häuser fertig gestellt. Bis auf ein Grundstück, das Jahre später zum Spekulationsobjekt wurde. In eines der letzten fertigen Häuser zog Annas frühere Kollegin aus der Klinik ein. Eine Krankenschwester und ein Architekt mit vier Kindern. Sie waren auch die ersten, die auf die Idee kamen, noch ein halbes Stockwerk obendrauf zu setzen, damit mehr Platz war für ihre Kinder. Unten Platz zum Spielen und unter dem Dach eine Bettenlandschaft, die fast wie ein kleines Baumhaus aussah, selbstgebaut von ihrem Mann, dem Allrounder.

Eigentlich war Susanne nicht zu beneiden. Denn die jüngsten Zwillinge waren so nicht geplant. Susannes Eltern starben kurz nach ihrer Geburt an einem Autounfall. Aber Susanne gehörte zu der Sorte Mensch, die sich nichts anmerken ließ. Sie war eine zierliche Frau, aber das konnte täuschen. Denn der Wirbelwind mit kurzem Bubikopf war immer gut gelaunt und durch nichts aus der Ruhe zu bringen. Obwohl ihr Mann als Architekt nicht viel verdiente und sie mit vier Kindern mangels Großeltern nicht mehr arbeiten konnte, sah man ihr die Anstrengungen der letzten Jahre und die schlaflosen Nächte nie an. Sie schien nicht zu altern, sie blieb immer auf dem Level einer dreißigjährigen Frau, die ihre besten Jahre jetzt und nicht erst in der Zukunft erlebte.

Wenn Herzlichkeit eine Währung war, dann war Susanne sehr reich. Außerdem hatte Susanne die Gabe, alles mit einem Lächeln unter einen Hut zu bringen: Als Ehrenamtliche im Sportverein, als Kochmutter in der Schulkantine, als Umzugshelferin für Flüchtlinge und schließlich als Anlaufstelle für herrenlose Hunde. Nein, Susanne war nichts zu viel. Das, was andere in ihrem ganzen Leben nicht hinbekamen, konnte Susanne in einer Woche erledigen. Und Anna fand schließlich, dass Susanne doch zu beneiden war, auch wenn ihr Optimismus manchmal anstrengend sein konnte. Denn immerhin, Susanne hatte das Potenzial, auf diese Weise sehr alt zu werden. Glücklich war sie ja schon.

Eine ähnlich lose Verbindung wie zu Susanne pflegte Anna auch mit ihrer einzigen noch erhaltenen Schulfreundin. Julia war nach München gezogen, in einen Stadtteil mit drei Bioläden und gefühlt vier Porsche-SUV vor jeder Haustür. Die Nachbarn von Annas Schulfreundin waren noch eine Spur verrückter als oben in Salzbach. Häuser aus Glas, deren Bewohner zum Bauern herausfuhren, um die Tomaten selbst vom Strauch zu pflücken. Dies war jedes Mal ein einmaliges Erlebnis, weil der Bauer fast jede einzelne Tomate mit Namen benennen konnte. Zurück ging es dreißig Kilometer mit dem SUV wieder nach Hause und dem Gefühl, etwas Gutes getan zu haben.

Alle sechs bis acht Wochen zu den Schulferien, wenn Anna sich eine kleine Auszeit nahm, kam Julia kurz zu Besuch, meist auf einen Kaffee. Julia, die kinderlos geblieben war, befand sich wie so oft auf der Durchreise, auf dem Weg nach Frankreich oder nach Frankfurt. Immer auf dem Sprung, genauso wie ihr Mann, der irgendwo in einer Vorstandsabteilung sein Leben absaß.

Anna wusste, dass sie eigentlich keine Freundinnen mehr waren. Aber sie ließ es zu. Sie wollte sich nicht wehren. Die letzte Verbindung zu einer Welt abschneiden, die nur noch in der Erinnerung bestand, das konnte sie nicht.

Nachdem sie einmal mit Julia nach Frankfurt mitgefahren war, machte sich Anna immer ein wenig Sorgen, wenn Julia wieder in ihr Auto stieg. Auch wenn es groß genug war, um einen Aufprall abzupuffern. Da half auch der beste Airbag nichts, wenn es mit 200 Stundenkilometern über die Autobahn ging. Bei der gemeinsamen Fahrt versuchte Anna, sich nichts anmerken zu lassen. Aber nach fünfzig Kilometern bekam sie einen Krampf im Fuß, weil sie vergeblich im Fußraum mitbremste, um das Auto heimlich zum Stehen zu bringen. Bei Tempo 240 hatte Anna schließlich das Gefühl, als würde der Wagen abheben. Ihr wurde mulmig, denn sie waren nicht allein auf der Autobahn. Und auch wenn Anna Fliegen prinzipiell schön fand. *Fliegende Autos können nicht landen, jedenfalls nicht so gut wie Flugzeuge.* Das sagte sie ihren Kindern immer, wenn sie von anderen Autos überholt wurden.

Im Grunde genommen war es bei Anna so wie bei ihrem ersten Elektroauto. Es ging bei ihr um Reichweiten und nicht um Höchstgeschwindigkeiten. Wenn sie langsamer fuhr, dann kam sie schneller ans Ziel. Umso überraschter war sie, dass eine Frau wie ihre Schulfreundin, die intelligent und lebenserfahren war, ihre Vernunft einfach über Bord werfen konnte und nur mit ihrem Stammhirn fuhr, das keine Rücksicht nahm auf die zitternde Anna auf dem Beifahrersitz.

Von nun an war es ganz einfach. Anna fuhr nicht mehr mit. Die Schulfreundin war wieder auf der Durchreise. Und die Freundschaft plätscherte wie zwischen Anna und Susanne dahin, weil sie längst überfahren wurde, mit Tempo 200 auf der Autobahn.

Gegensätze

Wenn man so offen wohnt wie auf dem Berg in Salzbach, dann bekommt man auch Dinge mit, die einem normalerweise verborgen bleiben. So wie Annas Mann, den Vanessa einmal im Monat beobachtete, wie er nur im Unterhemd und in kurzer Trainingshose bekleidet die Küche und das Wohnzimmer putzte. Vanessa seufzte. Erst tat er ihr leid. Offensichtlich konnten sie sich keine Putzfrau leisten so wie sie. Doch dann kam ihr ein anderer Gedanke. Sie seufzte wieder. Ihr eigener Mann war nur selten zuhause. Meistens kam er spätabends von der Arbeit zurück. Da wäre sie schon froh, wenn er wenigstens von zuhause arbeiten könnte. Oder einfach nur die Küche putzen. Das wär's. Einfach nur zusammen sein. Nur zusammen putzen oder im Garten arbeiten und sich nicht auf die Dienstleister verlassen müssen. Ja, das wäre schön, aber es würde wohl auch bedeuten, dass sie Annas Kleinwagen fahren müsste und nicht ihren vor Polierfett glänzenden SUV.

Anna hingegen, die dank der Autoverrücktheit ihres Bruders schon so viele verschiedene Autos gefahren war, fand es naheliegend, ein Auto nur als Gebrauchsgegenstand zu sehen. Denn sie hatte sich nie anders oder besser gefühlt, wenn sie mit einer Luxuskarosse von A nach B gefahren war. Und weil auch ihr erster Freund eine Vorliebe für besonders protzige Autos hatte, die in keine Parklücke passten, konnte sie nur staunen über die fast kindliche Begeisterung, die Männer in diese Richtung entwickeln konnten. Als sie ihren Mann kennenlernte, fand sie es besonders beruhigend, dass er zu diesem Zeitpunkt gar kein Auto besaß.

Obwohl die Nachbarinnen auf den ersten Blick so verschieden waren, mochte Vanessa Anna, die für sie ein Vorbild in Sachen Work Life Balance war. Immer gechillt, so wie ihre neue süße Katze, der Vanessa verzieh, wenn sie ihr Häufchen direkt auf die Grenze des Gartens machte. Denn bei Anna konnte sie sich wirklich wohlfühlen, vorausgesetzt, sie machte nicht gerade ihre Anspielungen zu ökologisch korrektem Essen und dass Kohlenhydrate schlecht für die Gesundheit seien.

Andererseits sah Anna es dann aber doch nicht so eng. Denn sie konnte sich fast kindlich über Süßes freuen, vor allem dann, wenn Vanessa ihren selbst gebackenen schwäbischen Apfelkuchen vorbeibrachte und ihn mit Anna und ihren Kindern teilte.

Auch Anna mochte Vanessa, die auf den ersten Blick zwar einen herben Eindruck machte, der aber täuschte. Denn unter Vanessas kontrollierter Haltung verbarg sich ein weiches Herz, das frei von allen Ansprüchen sein konnte. Anna fand sogar, dass sie sich gar nicht so unähnlich waren, auch wenn es nach außen hin den Anschein hatte. Vanessa, die immer perfekt geschminkte Gymnasiallehrerin, und Anna, die einem auch schon mal in Trainingsklamotten die Tür aufmachte. Spätestens wenn Anna voll des Lobes über Vanessa Kuchen war, schmolz das Eis zwischen ihnen dahin. Und Vanessa vergaß, dass Anna vermutlich ungeduscht vor ihr saß.

Überhaupt waren es die Gegensätze, die die drei Frauen miteinander verbanden. Da sie alle in der Mittelschicht lebten, hatten sie keine Berührungsängste, auch wenn ihre Lebenseinstellungen auf den ersten Blick unterschiedlich waren. Vanessa, der Äußerlichkeiten wichtig schienen. Anna, die einiges nicht so wichtig nahm. Und Sandra, die vieles viel zu leicht nahm.

Je besser die Frauen sich kennenlernten, umso mehr waren sie von der Andersartigkeit der anderen fasziniert. Was sie bei anderen Menschen unsympathisch fanden, ließen sie nun näher an sich heran. Was sie bei sich selbst nicht sehen wollten, sahen sie liebevoll bei den anderen. Genau genommen konnten sie sich miteinander anfreunden, weil es dann doch nicht so entscheidend war, was sie hatten, sondern was sie bereit waren, zu geben.

Sandra konnte Zuneigung geben, Anna konnte geduldig sein, und um Vanessas leckeren Apfelkuchen kam keine der Nachbarinnen herum.

Das Einzige, worüber die drei Frauen nie sprachen, war übers Geld. Und so erfuhren sie auch nicht, ob sie sich um die anderen Sorgen machen mussten oder ob sie vielleicht helfen konnten. Anna wusste sehr genau, wie es sich anfühlte, wenig Geld zu haben. Vanessa hatte nie solche Probleme gehabt. Und Sandra dachte dabei vor allem an ihre Großeltern, die immer gearbeitet hatten und trotzdem als Rentner nichts übrig hatten.

Weil Anna wusste, wie es sich anfühlte, Geldsorgen zu haben, freundete sie sich mit Beate an, die weiter unten in den Hochhäusern wohnte. Über die Grenzen des Wohnviertels hinweg lernte man sich auch nur über die Kinder kennen, wenn sie gemeinsam in den Kindergarten oder in die Schule gingen. Zwei Jungs, die sich ewige Freundschaft schwuren, egal ob ihnen ihre Mütter das neueste Testsiegerlaufrad schenkten. Es genügte, von einer Ecke in die andere zu laufen und fangen zu spielen, während Anna ihre alte Waschmaschine auslud, die sie auch geschenkt bekommen hatte, von einer Freundin, die zu Studienzeiten mehr Geld hatte als sie, einfach, weil sie arbeitete und nicht wie Anna auf die Idee gekommen war zu studieren.

Bei Beate war das anders. Auch sie hatte nicht studiert, aber sie hatte wegen der Kinder immer nur kleine Jobs annehmen können, mal als Aushilfe im Kindergarten, mal als Küchenhilfe, zuletzt als Kassiererin, immer Minijobs. Der Aufschwung war nicht bei ihr angekommen, aber dafür hatte sie ein Herz, das jeden miteinschloss. Wenn Anna sie besuchte, dann kochte Beate, für die das Wort Diät ein Fremdwort war, meistens in ihrer kleinen Küche. Und Anna hatte Mühe, Nein zu sagen, weil sie wusste, dass Gastfreundschaft für Beate kein Fremdwort war.

Anna musste dann an die Villen oben am Berg denken, die alle bodentiefe Glasfenster hatten, mit Küchen wie für eine Kochshow gemacht. Aus der glänzenden Fläche der Schränke und Fliesen ragten imposante Kochinseln auf. Von den Messern, die an den Magnetstreifen hafteten, blitzten nur die Klingen.

Auf ihren abendlichen Spaziergängen sah Anna nie jemanden dort schnippeln oder kochen. In der Dunkelheit und aus der Ferne sahen die großen Küchenblöcke sogar eher wie die Schaltzentralen im Raumschiff Enterprise aus. Mit fein abgestimmter Eleganz strahlten die beleuchteten Küchenschränke ins Tal und gaben einem das Gefühl, als ob dort oben keine Menschen, sondern Außerirdische wohnten.

Unten am Salzbach hingegen ging das Leuchten in der Dunkelheit immer mehr in die Vertikale. Fast hatte man den Eindruck, als wuchsen dem Mutterschiff Krakenarme in die Höhe, die nur von einem Bauwerk, nämlich dem Autohaus mit dem Mercedesstern, überragt wurden. Die letzten möglichen Bauflächen unweit des Salzbaches waren trockengelegt worden. Hier wohnte Beate, deren leistungsbereite Kinder wieder zurück auf die Realschule gingen, weil Beate kein Geld für Nachhilfeunterricht hatte und nicht genügend Bildung, um ihren Kindern zu helfen. Bei Anna war das anders. Sie hatte wegen der hohen Kreditraten zwar auch nicht genügend Geld für Nachhilfe, aber sie nahm sich die Zeit und hatte genug Bildung, um ihren Kindern eine gute Lehrerin zu sein.

Die Familien, die weiter oben in den großen Villen wohnten, lernten die Frauen auch nur über die eigenen Kinder kennen. Vor allem in der Südhanglage wuchsen Häuser, Grundstücke und Swimmingpools um die Wette. Neuerdings gab es dort oben auch einen 4-Loch-Golfplatz auf dreißig Quadratmetern. Selbst Vanessa, die normalerweise vor Luxus nicht zurückschreckte, sagte, als sie mit Anna an dieser ernstgemeinten Karikatur eines Golfplatzes vorbeilief: *Jetzt sind die völlig verrückt geworden.* Anna stellte ernüchtert fest: *Die Probleme sind auch hier oben dieselben.*

Sie wusste von den Schulfreunden ihres Sohnes, dass die Eltern dort oben zwar nicht immer genügend Zeit, aber Geld und meistens auch Bildung hatten, um ihren Kindern zu helfen. Es war halt alles nur ein bisschen größer, schöner und glänzender. Aber auch hier waren die Kinder einfach nur Kinder. Und wenn der Junge beim Kindergeburtstag Anna beiseite nahm, um ihr zu sagen, dass er seinen Vater gerne häufiger sehen würde, dann kamen Anna die Tränen und sie wünschte sich lieber in Beates unaufgeräumte Küche zurück.

Der wichtigste Umbruch geschah jedoch schleichend. Es fiel nicht gleich auf, aber spätestens im Dunkeln erkannte man ähnlich wie bei den großen Küchenablagen, dass etwas fehlte. In immer mehr Häusern standen keine Bücher mehr. Es gab keine Bücherregale, sondern nur noch TV-

Wohnwände. Dort stapelten sich auch nicht mehr die gesammelten Werke von Thomas Mann, sondern die aktuellsten High-End-Geräte, die im Gegensatz zu Büchern nach wenigen Jahren bereits ausgetauscht werden mussten, weil sie entweder defekt oder veraltet waren.

Diese Mediawände hatten alles, nur keinen Platz für Bücher: Platz für den Flachbildfernseher, für das Soundsystem und für die Spielkonsole. Bedrohlich war aber nicht, dass sich diese Geräte heimlich ins Wohnzimmer hacken konnten, sondern dass sich immer mehr Menschen freiwillig kleine Agenten, auch harmlos Sprachassistenten genannt, ins Haus holten.

Diese kleinen Datenkraken konnten alles. So versprach es zumindest die Werbung. Und auch die sorglose Sandra war auf einmal der Meinung, dass diese Dinger unbedingt zum Haushalt gehören mussten. Vanessa und Anna amüsierten sich darüber. Und Anna, die ihre ironische Ader wiederentdeckte, frohlockte: *Was willst du eigentlich damit? Befehle erteilen? Familienwitze erfragen? Oder nur die Musikdateien öffnen?*

Auch Vanessa erblasste vor der neuen Technik, die ihr unheimlich war. Sie fand das nicht wirklich zum Lachen so wie Anna, sondern machte sich ernsthaft Gedanken über den kleinen Diener in Sandras Wohnzimmer, der ihre Gespräche abspeichern konnte. Erleichterung brachte erst Sandras kleiner Sohn, Star Wars Fan durch und durch, den man schon ohne genaue Standortbestimmung hören konnte, wenn er brabbelnd die Treppe herunterkam. Er sprach: *Alexa, sprich wie Yoda.*

Und Vanessa dachte nur: *Oh Mann, wir sind umzingelt.*

Kein Empfang

Die Nachbarinnen merkten, dass sie befreundet waren, als sie alle drei auf einer größeren Geburtstagsparty eingeladen waren. Sie fühlten sich unwohl, sie suchten einander und fanden sich auch, ein wenig abseits im Partyzelt. Denn irgendwie war ihnen alles zu viel. Vor allem der Duft von so vielen Menschen unter einer Haut aus Plastik ließ sie noch weiter zusammenrücken, während der Regen ohne Rücksicht auf die Gäste monoton aufs Dach prasselte.

Am Prosecco nippend standen sie da, unterhielten sich und lauschten dem Regen. Irgendwann ging direkt neben ihnen die Musikanlage an. Weil sie sich nicht mehr unterhalten konnten, schrien sie erst, dann lächelten sie sich nur noch an. Und weil alle anderen Gäste zum Buffet gingen, bewegten sie sich auch dorthin, obwohl sie von den Häppchen und dem Prosecco längst satt geworden waren. Sie waren die Letzten in der Schlange. Und sie waren die Ersten, die sich verabschiedeten.

Motiviert durch diese Begegnung, verabredeten sich die drei Nachbarinnen auswärts zum Essen. Vanessa, die die Gartenwirtschaft ausgesucht hatte, war die Erste. Die Begrüßung fühlte sich an, als würden sie sich öfter dort treffen. Bevor die drei Frauen miteinander anstießen, schauten sie auf ihre Handys, die mehr Platz einnahmen als die Getränke. Gleich nach dem Anstoßen checkten sie in der

Wetter-App, ob das Wetter besser wurde. Sie sahen nicht nach draußen und bemerkten nicht, dass der Regen bereits leise am Fenster entlanglief.

Ihre beginnende Unterhaltung stockte, als sie merkten, dass sie keinen Handyempfang mehr hatten. Die abgelegene Lage der Waldgaststätte und das schlechte Wetter ließen nur Notrufe zu. Sandra wollte Vanessa aber unbedingt etwas Wichtiges schicken. Die digitale Welt ließ auch in diesem verwinkelten Tal keinen zeitlichen Aufschub zu. Es musste sofort geschehen, da Vanessa sich diesen komplizierten Namen nicht merken konnte. Auf die Idee, den Kellner nach einem Stück Papier und einem Stift zu fragen, kamen sie nicht.

Sandra beschloss, nach draußen zu gehen. Der Regen hatte fast aufgehört. Hinter der Gaststätte war die Wiese ziemlich nass. Sandra hörte ihre Schritte, als sie durch das Gras zu dem einzigen Hügel lief. Mit jedem Schritt schwappte ihr das Wasser durch den aufgeweichten Boden in die Pumps hinein. Normalerweise würde sie unter diesen Bedingungen nicht dort draußen herumlaufen. Aber sie hatte eine wichtige Mission zu erfüllen, darum spürte sie die Nässe nicht. Ihr Handy hielt sie in der Hand wie eine Taschenlampe, obwohl es nicht dunkel war. Sie stolperte, sie rannte, sie blieb nicht stehen, bis sie oben auf dem Hügel angekommen war. Auf dem Weg dorthin sah sie, wie die Verbindungsbalken auf dem Display immer mehr wurden. Sie freute sich nicht über den schönen

Ausblick, sondern darüber, dass sie den Link endlich an Vanessa verschicken konnte.

Zurück lief sie nicht, sie ging langsam. Aber weil sie auf ihrem Handy das Verschwinden der Verbindungsbalken beobachtete, stolperte sie auf der Wiese vor dem Gasthaus über eine Baumwurzel. Und weil sie das teure Handy nicht aus der Hand fallen lassen wollte, fing sie sich nicht ab, sondern fiel ausgestreckt der Länge nach hin. Hauptsache das Handy hing noch in der Luft.

Sandra hingegen blieb nicht unversehrt. Sie hatte sich den Fuß verstaucht und konnte nicht mehr aufstehen. Der linke Ellenbogen tat ihr weh. Das Handy hatte wieder keinen Empfang mehr. Sie rief um Hilfe. Aber der immer stärker werdende Regen lief an den Fenstern des Gasthauses herunter und verzerrte die Gesichter von Anna und Vanessa zu Fratzen.

Als Sandra nicht mehr wiederkam, gingen Anna und Vanessa nach draußen, um sie zu suchen. Sandra lag immer noch auf der Wiese, aufgeweicht vom Regen und nicht in der Lage aufzustehen. Es fühlte sich an, als hingen Gewichte an ihren Knöcheln. Das Handy hatte sie aus Angst vor einem Nässeschaden in den Ärmel geschoben. Dabei war sie auf die Seite gerollt und lag nun da wie eine gestrandete Meerjungfrau zwischen Gänseblümchen und Löwenzahn.

Wie Anna ziemlich bald feststellte, hatte sie sich nicht nur den Fuß verstaucht, sondern sehr wahrscheinlich auch den Unterarm gebrochen. Während sie Sandra im

Auto verstauten und in die Klinik fuhren, schwiegen Anna und Vanessa, weil sie sich schuldig fühlten, dass sie Sandra nicht von diesem Spaziergang abgehalten hatten. Sandra schwieg auch, weil sie sich mindestens genauso dumm vorkam und weil sie immer daran denken musste, wie sie in Zeitlupe mit dem Handy in der Hand auf den Boden gesegelt war.

Vielleicht weil es allen peinlich war, war dies das letzte gemeinsame Treffen, das auswärts stattfand. Sie wollten das Schicksal nicht noch einmal herausfordern und ihre langsam aufkeimende Freundschaft gefährden.

Als sie in der Klinik angekommen waren, mussten sie warten. Gemeinsam, schweigsam und genügsam, wie richtige Patienten. Das Warten dauerte zwar nicht lange, aber die Zeit kam ihnen trotzdem ewig lang vor. Nachdem Sandra untersucht worden war, rauschte ein Arzt in weißem Kittel an den Freundinnen vorbei und raunte nur kurz: *Wir müssen operieren.* Es war nur ein Bruch, etwas komplizierter, darum auch eine Operation mit Narkose. Sandra lag wie ein Häuflein Elend auf der Pritsche und konnte nur noch leise fluchen. Auch ein wenig weinen, aber sie beruhigte sich bald. Mit dem Beruhigungsmittel im Magen schlief sie fast ein.

Als Sandra nach der Operation wieder aufwachte, hatte sie glücklich und tief geschlafen. Immer noch hielt sie einen Teil des Schleiers in den Händen, der sich ausgebreitet hatte, während ihr der Arzt das Narkosemittel in die Vene gespritzt hatte. Im Aufwachen war sie fast ein wenig enttäuscht darüber, dass ihr wieder einfiel, wer und wo sie war. Denn der glückliche Schlaf begann, sich von ihr fortzureißen.

Während Sandra das Gefühl hatte, mit ihrem Hintern auf das andere Bett zu schweben und nicht einfach nur hineinzufallen, antwortete sie verdutzt auf die Frage des Narkosearztes, wie es ihr gehe: *Gut.* Tief einatmen musste sie, nachdem sie noch ergänzte: *Und auch ein wenig skurril ist es hier.* Um sie herum lachten alle, Sandra lachte mit. Es war ihr egal, was die anderen von ihr dachten.

Gleichgültig und mit einem Lächeln wurde sie unter hellem Licht zu ihrem Bestimmungsort, dem Aufwachraum, gefahren. Nachdem ihr Bett die endgültige Parkposition eingenommen hatte, wünschte sie sich, dass dieser unbeschreiblich schöne Zustand weiter anhalten würde. Dass sie den Schleier weiter festhalten könne, während die Krankenschwester sie an den Monitor anschloss und ihr freundlich zuredete. Als die Krankenschwester Sandra darum bat, ihre Schmerzen konkret auf einer Skala von 1 bis 10 zu benennen, fiel Sandra ein, dass sie fast einen ganzen Tag lang nichts gegessen hatte und erhöhte ihre Einschätzung gleich um zwei Punkte mehr, weil ihr der Magen knurrte.

Schon bald kam die Krankenschwester wieder und spritzte ihr etwas in die Vene, was sie erneut in diesen Entspannungsmodus manövrierte. Wieder schmerzfrei, aber noch nicht richtig müde, versuchte Sandra einzuschlafen. Ihre Träume liefen nun doch nicht wieder weg, aber sie konnte sich leider nicht mehr an sie erinnern. Hinter den Paravents neben ihr hörte sie einen Patienten, der nörgelte, weil er wieder auf Station wollte. Wie durch einen Schleier nahm sie den Lärm als ein Raunen wahr. Was sie vorher an Angst mit sich herumgetragen hatte, war wie weggeblasen. Sie wäre gerne länger so liegen geblieben. Aber allmählich reifte die Erkenntnis, dass es unmöglich war, das restliche Leben in diesem Zustand zu verbringen. Eine Mutter von zwei Kindern, die nicht nur schweigsam und genügsam war, sondern komplett tiefenentspannt.

Erst allmählich kam ihr zu Bewusstsein, wie der Schleier immer mehr von ihr weggezogen wurde, wie die Träume davonliefen und sie wieder zu dem Menschen wurde, der sie vorher war. Das Erste, was sich an banalen Bedürfnissen bemerkbar machte, war, dass sie Pipi machen musste, was nicht funktionierte, weil sie im Bett auf einer unbequemen Bratpfanne lag und zwei Handwerker hin und her liefen, die irgendetwas an der Elektrik reparierten.

Sandra merkte immer deutlicher, wie die Träume ihr entglitten und sich dieser endlose Moment des Aufwachens in einem Punkt konzentrierte, der sich nicht mehr zurückholen ließ. Sandras Träume zwängten sich durch einen viel zu engen Ausgang. Genauso wie die Passagiere eines Flugzeuges, die sich am Ausgang der Passkontrolle drängten, um einzeln durch eine Art Sanduhr in die Weiten der Flughafenhalle zu verschwinden.

Die Enttäuschung über diesen unumkehrbaren Vorgang war auch der Grund, warum Sandra sich nicht darüber freute, wieder Sandra zu sein. Als sie endgültig aus ihren Träumen aufwachte, ärgerte sie sich als Erstes über die Handwerker in ihren braunen Arbeitsanzügen, die mit einer Leiter durchs Bild liefen.

Anna und Vanessa warteten schon draußen vor den Fahrstühlen auf sie. Als die Nachbarinnen sie ansprachen, wanderten Sandras Augen zur Decke und zur Anzeige oberhalb der Fahrstuhltüren. Ein, zwei Sekunden musste sie ihren Blicken noch ausweichen. Dann antwortete sie, ohne dass sie danach gefragt wurde: *Ja, es geht mir gut.* Und es war ihr egal, ob es stimmte oder nicht.

Zumindest eines wurde nach Sandras Unfall auf dem Berg in Salzbach klar. Grenzen kamen zwischen den drei Nachbarinnen nicht in Mode.

Nach dem Armbruch waren Anna und Vanessa jetzt häufiger bei Sandra zuhause, die froh war, Hilfe zu bekommen. Auch wenn sie es nicht sagte, aber sie sagte zumindest nie Nein zu den anderen, die ihr halfen, die Wäsche zu waschen oder Kartoffeln zu schälen.

Irgendwann kam Sandra auf die Idee, wenn sie selbst gerade nicht malen konnte, sollten es wenigstens die anderen versuchen. Anna wollte sofort, während Vanessa sich zierte, bis Sandra schließlich vorschlug, sie könnten doch gemeinsam an einem Bild malen.

Das klang großartig. Gemeinsam einen Gegenstand beobachten, ihn zerlegen, bis er zu einer Vision wurde, zu einem Bild, von dem es kein zweites gab. Nicht eines dieser hundert Fassungen, die man im Kopf hatte und die nie vollendet wurden.

Sie malten. Erst unsicher und dann richtig, weil sie jeden Pinselstrich vergaßen. Sie malten mit einem Lächeln auf den Lippen. Die Harmonie der Stunde. Bunte Punkte, die für Vanessa Steine waren. Ein Weg, der für Anna der Weg durch Salzbach war. Sandra erkannte das Gemeinsame, aus dem dieses Bild entstanden war. Das Unaussprechliche war bei näherem Hinsehen sehr bunt.

Während Vanessa und Anna den Weg mit den bunten Steinen malten, vergaßen sie den Himmel. Beide kamen überein, ihn erst zum Schluss zu malen. Als krönenden Abschluss, wenn sie das Denken ganz zurückgelassen hatten.

Als sie den Himmel schließlich malten, hatten sie ihren Rhythmus gefunden. Sie malten ihn nicht einfach aus, sondern malten ihn aus Strichen von Aufstieg und Niedergang. Von der Ferne in die Enge. Und wieder von der Enge in die Ferne. Sandra sollte einen letzten Strich in den Himmel hinein malen, der so ganz anders aussah als die ruhenden bunten Steine neben dem Weg. Ein Wechsel ins Entgegengesetzte. Ein Himmel aus Linien, wie ein großes Meer, das sich darin spiegelte und durch das der

Blick in ein anderes Land möglich war. Die Frauen wussten nun, als sie das Bild betrachteten, dass ihre Seele aus farbigen Bildern bestand.

Das Bild hing Sandra direkt in den Flur. Sie stellte es nie aus. Sie besaß es wie einen Schatz nur für sich und für die anderen.

Pakete

Solange ihr Arm noch in der Gipsschiene war, konnte Sandra nicht arbeiten. Zuhause zu sein, hatte aber auch seine Vorteile. Zumindest für die Nachbarinnen, die sich nun sicher sein konnten, dass ihre Pakete nicht mehr zur Poststation zurückgebracht, sondern direkt bei Sandra abgegeben wurden. Und da Vanessa gerade die Vorteile des Homeshoppings entdeckte, schaute sie nun jeden Abend bei Sandra herein mit der fast beiläufigen Begrüßung, ob etwas für sie angekommen war.

Sandra fand das am Anfang noch witzig. Aber immer mehr stapelten sich auch die Pakete der anderen Nachbarn bei ihr. Und sie hatte nach zwei Wochen schließlich das Gefühl, selbst eine kleine Poststation bei sich zu Hause zu haben.

Im Gästezimmer lagerten jetzt Postsendungen von Amazon, ParfumDreams, myToys, Amorelie und Geizhals. Darunter waren auch Vanessas neue Kaffeetassen und das Fahrrad für ihren Sohn. So kommentierte es zumindest Vanessa, die Sandra beim Abholen immer genau erklärte, wieso sie sich dieses Schnäppchen nicht entgehen lassen konnte. Bei den Kartons der anderen Nachbarn begann Sandra damit, eine Art Ratespiel zu machen, was wohl in den Paketen drin sein könnte. Es war ihr ja schließlich langweilig mit diesem lästigen Gips am Arm.

Sandras Fantasie war grenzenlos und wurde durch die Absender teilweise bestätigt: Eine Jahresration an Parfums, eine Lebensration an Lego-Steinen und fragliche Dildos, die durch das Schütteln des Paketes Musik machten.

So lernte sie auch die Nachnamen der anderen Nachbarn kennen, die sie nur mit dem Vornamen kannte. Ulli, der eigentlich Ulrich Wiesenäcker hieß, machte jedes Mal fast einen Diener, wenn er ein Päckchen abholte. Er verwickelte Sandra in Gespräche über das Wetter, während die meisten anderen nur schnell ihr Paket in Empfang nahmen und dann gleich wieder weg waren. Während die ersten Male sich noch brav nach Sandras Arm erkundigt wurde, war es bereits beim nächsten Mal kein Thema mehr. Einige Nachbarn schickten auch ihre Kinder zum Abholen, die dann mit einem Paket, das größer war als sie selbst, die Straße entlang taumelten.

Als aber schließlich ein Sonnenschirm im Zwei-Meter-Karton die Haustür passierte und ihr den Flur verdunkelte, wurde es selbst der gutmütigen Sandra zu viel. Am nächsten Tag öffnete sie dem Postboten nicht mehr die Tür, auch wenn es ihr schwerfiel. Sie wollte nun nicht mehr wissen, was ihre Nachbarn so alles bestellt hatten und freute sich schon darauf, in ein paar Tagen wieder arbeiten zu gehen.

Der Balkon

Sandra merkte, dass sie älter wurde, weil ihre Vergesslichkeit zunahm. Besonders nach der Narkose wegen ihres Arms verstärkte sich dieses unangenehme Gefühl. Seitdem stand sie oft ziemlich ratlos im Einkaufsladen, mit einem Fragezeichen auf der Stirn, weil ihr nicht einfiel, was sie einkaufen musste. Und da Sandra Einkaufszettel hasste, ging sie dazu über, das Innere des Kühlschranks und des Vorratsschranks mit ihrem Handy abzufotografieren. Auf diese Weise musste sie wenigstens noch überlegen, was fehlte. Noch ein bisschen Denkarbeit leisten und sich anstrengen. Das stärkte sie ein wenig und verhinderte, dass sie die Gedächtnislücken stimmungsmäßig in den Keller zogen.

Da Sandra nun verstand, wie es sich anfühlen musste, wenn man im Alter so richtig schlimm vergesslich wurde, besuchte sie wieder häufiger ihre Großtante auf dem Dorf, die je nach Tagesform topfit oder ziemlich tüttelig sein konnte.

Früher fand Sandra es immer ein wenig anstrengend, mit ihr zu reden. Denn ihre Großtante, die fast ihr ganzes Leben lang berufstätig gewesen war, fand immer etwas, um auf andere herabblicken zu können. An Kritik sparte sie nicht. Das änderte sich mit dem Alter, das sie milde stimmte und sie nicht verbitterte. Für Sandra kam das unerwartet. Und sie fragte sich, ob die zunehmende Vergesslichkeit dazu beigetragen hatte, dass ihre Tante schlichtweg vergaß, andere zu kritisieren. *Ich muss jetzt wieder mehr an mich denken, damit ich diese Tage überstehe*, sagte sie einmal zu Sandra.

Ihre Großtante Marianne hatte ein bewegtes Leben. Das zu spüren, war eine Bereicherung für Sandra. Wenn sie auf ihrem Balkon saßen und Sekt tranken, verschwand der Altersunterschied zwischen ihnen. Marianne, die von allen nur Marie genannt wurde, versuchte sich dann daran zu erinnern, dass ihre Geschichte mit den Brüchen und Enttäuschungen auch von Freude und Glück erzählte. Das Einzige, was ihr am Schluss mit ihren fast hundert Jahren fehlte, war die Zuversicht. Denn es sickerte langsam hindurch, welch unbegreiflicher Vorgang das Vergehen von Zeit eigentlich war. Zur Panik war es nur ein kleiner Schritt. Auch deswegen ließ sich Marie von Sandra öfters den Puls tasten, der mitunter sehr schnell ging.

Ihre Begegnung auf dem Balkon war auch ein Herantasten an Maries Leben, das manchmal Fragen aufwarf. Denn wenn die Erinnerungen verblassten, wurde das Erzählte umso bunter ausgeschmückt. Es entstanden zeitliche Risse, die Marie am Ende ihres Lebens zudeckte mit Geschichten, die nicht immer der Wahrheit entsprachen. Oft erfand sie sich neu. Ob mit Absicht oder aus purer Vergesslichkeit konnte Sandra nicht sagen. Denn eigentlich hatte sie das gar nicht nötig. Sie war eine Frau, die einem in Erinnerung blieb, weil sie immer noch dieses Funkeln in den Augen hatte, obwohl sie schon fast blind war.

Als Marie noch besser sehen konnte, las sie Wochenzeitschriften. Als auch das kaum mehr möglich war, verzweifelte sie. Nun wurden die verschiedenen Nachrichtensendungen und Talk-Shows zu ihren wichtigsten Medien, mit denen sie den Tag verstehen und einordnen konnte.

Angesichts der Unruhe in der Welt beneidete sie Sandra nicht. Da die Gegenwart für sie nicht unbedingt besser war, spürte Marie in ihren letzten Lebensjahren vor allem die Last der Vergangenheit. Sie vergaß vieles, aber sie wurde es dennoch nicht los. Eine Jugend in Nazi-Deutschland. Der plötzliche Verlust ganzer Äste des Familienstammbaums. Der Versuch, sich in der Nachkriegszeit als emanzipierte Frau allein durchzukämpfen. Emanzipation leben zu einer Zeit, als es eine Bezeichnung dafür noch gar nicht gab. Enttäuschungen, die daraus schlussfolgern mussten wie das Amen in der Kirche. Und schließlich die Einsamkeit, die nicht nur daraus entstand, weil sie keine Kinder hatte, sondern weil alle ihre Freunde schon vor ihr weggestorben waren.

Sandra ging oft in die Küche ihrer kleinen Wohnung, um zu kochen oder um das Geschirr abzuwaschen. Am Anfang kochten sie noch gemeinsam, und Marie zeigte ihr, wie sie Sauce Hollandaise zubereitete. Durch ihre Erblindung konnte sie das später nicht mehr so gut und brauchte eigentlich Hilfe. Aber nur von wenigen Menschen konnte sie überhaupt Hilfe annehmen. Wenn Sandra in ihrer Küche den Fußboden wischte, akzeptierte sie dies nur unter einer Mischung aus leisem Protest und der Freude darüber, dass Sandra ihr helfen wollte.

Die Abhängigkeit und Hilflosigkeit waren für sie noch schlimmer als der Tod. Nur in ihren eigenen vier Wänden fühlte sie sich weitgehend eigenständig. Der Balkon war eigentlich ihr einziges Fenster zur Welt, in der sie sich jedoch zunehmend fremd fühlte. Denn als sie noch sehen konnte, beobachtete Marie frühmorgens die Kinder an der Bushaltestelle gegenüber, die ohne Pause in ihr Handy guckten. Und abends dann die Mopedfahrer, die sie auf dem Weg zum Briefkasten fast umfuhren und ihr zuriefen, dass altes Gemüse längst auf den Friedhof gehört.

Sandra erfuhr auf diese Weise das Älter-Werden von der anderen Seite. Sie erkannte, dass alte und kranke Menschen gar nicht so mitfühlend und liebevoll behandelt wurden, wie man sich das gerne vorstellte. Vieles funktionierte nicht mehr so gut wie früher, lästige Beschwerden stellten sich ein und verschwanden nicht mehr. Trotzdem durfte Marie den Überblick nicht verlieren und musste auch noch im hohen Alter 22-stellige

IBAN-Nummern abschreiben. Obwohl doch alles weniger wurde, das Sehvermögen, die Ausdauer und die Kraft.

Als Marie schließlich eine Pflegekraft brauchte, interessierte es die Krankenpflegerin nicht, wie es war, als Marie und ihr Mann am Jachthafen von Nizza entlang spazierten und den Booten zusahen, die am Abend hinausfuhren. Die Zeiten änderten sich und die Rollen wechselten. Aber Marie war nicht einverstanden damit, weil sie sich tief in ihrem Inneren immer noch jung fühlte. Und so war sie glücklich, wenn jemand einfach nur bei ihr war. So wie Sandra, die zuhörte und Anteil nahm. Und die sich für die Details des gelebten Lebens und nicht für die Pflege- und Hilfsmittel interessierte.

Marie war fast blind, als sie Sandra von ihrem Leben erzählte. Wenn sie auf dem Balkon saßen, waren beide glücklich, Marie und Sandra. Unter der blendenden Sonne, die sie für einen kurzen Moment glauben ließ, noch mehr als ein halbes Leben vor sich zu haben. Und doch wurden sie nur angestrahlt von den ersten Sonnenstrahlen eines neuen Jahres, das Maries letztes sein würde.

Was vom Leben bleibt, sind die Begegnungen mit anderen Menschen. Das sagte sie oft zu Sandra. Das war das Fazit ihres Lebens. Wenn Sandra daran zurückdachte, wusste sie, dass es stimmte. Sandra dachte dann dankbar an die Begegnung mit Marie und an Freundschaften, die ein ganzes Leben lang gehalten hatten oder an die, die zerbrochen waren.

Maries Erinnerung an Ungerechtigkeiten brannte bis zuletzt in ihr. Sie auf die guten Zeiten aufmerksam zu machen, versuchte Sandra, so gut es ging. Aber es fiel ihr zunehmend schwerer, je mehr Marie erblindete.

Ich bin traurig, sagte Marie oft und spähte dann wie ein flügellahmer Greifvogel zu Sandra hinüber. Sandra seufzte tief. Manchmal sagte Marie: *Am liebsten würde ich die Augen zumachen und nie mehr aufwachen.* Wenn Marie das sagte, war Sandra aufgebracht und aufgewühlt. Sandra reckte dann ihren Hals nach oben, suchte ein Stück vom Himmel, bis sie mit einem Kloß im Hals antwortete: *Ich würde dich sehr vermissen.*

Aber Sandra wusste auch, Marie war weder aufgebracht noch aufgewühlt und fühlte nicht so wie sie. Sie meinte es wirklich ernst. Es war keine große Sache für sie, genug zu haben. Sandra wusste nicht, was schlimmer war. Dass Marie es ernst meinte oder dass sie Marie verstand und nachvollziehen konnte, warum sie nicht mehr leben wollte.

Manchmal malte sich Marie ihre Lippen knallrot an, obwohl sie nicht mehr sehen konnte, wohin sie malte. Es war dann etwas Angriffslustiges an ihr. Es lag nicht nur am übermalten Lippenrand. Es lag an ihrem Vermögen, die Vergangenheit portionsweise zu vergessen. Und so konnte sie trotz des tiefen Schmerzes manchmal wieder wie ein junges Mädchen sein. Dann fand das Leben ganz und gar im Augenblick Platz, und es gelang Marie und Sandra, dort auf dem Balkon einfach nur fröhlich und auch ein wenig albern zu sein. Sie sahen dann beide gleich alt aus. Nur wenn Marie lachte, sah man in ihren Erwachsenenfalten, dass sie schon sehr alt sein musste. Und Sandra spürte, es war diese zeitlose Musik in ihrem Herzen, die sie ihr vorspielte, wenn Marie sie vergessen hatte. Die Musik tröstete Sandra und Marie gleichermaßen.

Als Marie gestorben war, machte sich Sandra Gedanken, was wirklich in Maries Leben geschehen war. Und sie fragte sich, was bleibt, wenn man ein Jahrhundert lang gelebt hat. Es musste doch mehr als eine unscharfe Erinnerung sein.

Zur Beerdigung bat Sandra Anna darum, mit ihr mitzukommen. Warum Sandra nicht allein hingehen wollte, wusste sie eigentlich nicht. Aber sie ahnte schon, dass aus ihrer großen Verwandtschaft kaum jemand kommen würde. Mit zu vielen hatte sich Marie zu Lebzeiten gestritten, und nur wenige waren bereit, ihr zu verzeihen, dass sie nicht im Alter, sondern nur als Erwachsene starrköpfig gewesen war.

Und da nur wenige Marie so kennen gelernt hatten wie Sandra, kamen auch nicht sehr viele. Sandra hatte es geahnt, obwohl sie sonst so gutgläubig war. Sie stand mit

Anna allein vor der Kapelle auf dem Friedhof und musste weinen. Es war lange her, dass Sandra so geweint hatte. Mitten im Winter, so kurz nach Weihnachten, wenn der Anblick der aufgehäuften Weihnachtsbäume die Straßen schmal werden ließ. Von weitem hörte Sandra, wie sich die kleine Horde ihrer Verwandtschaft über die Dächer der parkenden Autos hinweg darüber aufregte. Dass man kaum durchkam und sich regelrecht durchkämpfen musste. Dass man entweder vor Kindern mit Schlitten oder vor Weihnachtsbäumen aufpassen musste und überhaupt, dass es ein Höllenritt war, nach Salzbach zu kommen.

Da sie wohl vergessen hatten, weshalb sie nach Salzbach gekommen waren und da Sandra sie so nicht begrüßen wollte, zupfte sie Anna am Ärmel und ging mit ihr in die kleine Kammer, in der Marie aufgebahrt worden war. Eigentlich wollte sie Marie nicht noch einmal sehen. Aber sie hielt es draußen nicht mehr aus. Sie wollte Stille einatmen. Und so ging sie mit Anna Hand in Hand in Richtung Marie.

Sandra stellte sich nicht mehr die aufgehäuften Weihnachtsbäume vor, die sie eben noch im Kopf gehabt hatte. Sie stellte sich die lachenden Kinder vor, die mit ihren Schlitten vorbei an ihrem Haus den Berg hoch stapften. Und ganz oben stand Marie, die jetzt ebenso untrennbar zum Winter gehörte. Wie ein Eiskristall, gleichzeitig flüchtig und fest.

Als Sandra die hölzerne Tür zur Aufbahrung öffnete, sah sie dann auch nicht, wie Marie dort lag. Sondern sie sah nur ihr Lächeln, in das sie hineinlief. Und durch das alles um sie herum verschwand.

Anna kam zwar mit, aber sie sagte Sandra nicht, wie ungern sie das tat. Zu viele Erinnerungen kamen hoch, an ihren Vater, an manche Patienten, die zu Freunden geworden waren und an die Geballtheit des Lebens, die einen mit voller Wucht treffen konnte. Anna brauchte Sandras festen Händedruck mehr als sonst. Denn sie war schon zu oft auf Beerdigungen gewesen. Zu oft hatte sie hilflos danebengestanden und verzweifelt versucht, an der Uhr zu drehen. Anna ging daher nur mit, weil Sandra sie darum gebeten hatte.

Händchenhaltend standen sie in der kleinen Kammer vor einem viel zu großen Sarg mit einer sichtbar geschrumpften Marie darin. Anna war sich sicher, dass ihr gleich schwindelig werden würde. So wie die letzten Male, an die sie sich nicht mehr erinnern wollte. Ihr Blick klammerte sich. Nicht an Marie, sondern an die grünen Buchsbäume, die im Hintergrund standen. Anna kam es vor, als zerrte ein unsichtbarer Wind an den Blättern, die erste Anzeichen eines Schädlingsbefalls zeigten. Anna hätte gerne eine Gebrauchsanweisung gehabt, wie sie umgehen sollte mit dieser Situation. Und während sie schwankte, musste sie an die stoische Ruhe ihres Mannes denken, dem das hier garantiert weniger ausmachen würde. Zumindest äußerlich würde ihm ein Fels in nichts nachstehen, während Anna die Traurigkeit buchstäblich aufsaugte wie einen Schwamm und sich die Tränen nach außen drückten.

Da Anna hinter Sandra stand und Sandra ihre Hand losgelassen hatte, merkte Sandra nichts davon. Sie bekam nicht mit, wie Anna ihre Hände ineinander ballte, die Daumen fast zerdrückte, den Schmerz in sich aufnahm, als wäre Maries Lebensrucksack auch der ihre. Die Minuten wurden zu Stunden, in denen Anna Sandras erste graue Härchen am Hinterkopf fixierte und nicht aufgab, einen Ausweg zu suchen. In diesem Raum schien auf einmal das weiße Leichentuch die einzig stabile Oberfläche auf der Welt zu sein.

Als sie beide wieder hinausgingen, wusste Anna, wie schwer es ist, die richtige Balance zwischen Nähe und Distanz zu finden. Und dass es einfacher ist, wenn man nicht so wie sie, in den Herzen der anderen lesen konnte.

Die Schaukel

Als die Kinder noch klein waren, liebte Anna, auf dem Spielplatz zu sein und den Kindern zuzuschauen. Vor allem liebte sie den Moment, wenn sich wie in den Sandformen der Kinder frische Erinnerungen formten und ihrem Leben ein Stück Zusammenhang und Sinn gaben. Das erste Lächeln, die weichen Ärmchen ihrer Kinder, die sich nach oben streckten. Der Geruch ihrer Haare, süßer als Milch und Honig. Die ganze Welt in einer Kinderhand. Das Gefühl, dass jeder Augenblick besonders war, solange sie einfach nur still am Rand der Sandkiste sitzen und ihnen zuschauen konnte, wie sie Spuren im Sand hinterließen.

Nicht immer verstand Anna die Erziehungsmethoden ihrer Nachbarinnen. Vanessas Sohn zum Beispiel, der zu schaukeln versuchte, der sich aber nicht allein auf die Schaukel setzen konnte, weil er schlicht zu klein dafür war. Er drehte sich immer wieder nach seiner Mutter um, die hinter der Schaukel stand. Vanessa sagte zu ihm: *Siehst Du, ich halte ja die Schaukel fest. Ich helfe Dir. Du musst dich aber schon selbst auf die Schaukel setzen.* Der Junge versuchte es immer wieder und schaffte es nicht. Nach mehreren Versuchen fragte sich Anna, ob Vanessa nicht merkte, dass Robin noch zu klein dafür war.

Mit jedem Versuch wurde der Junge verzweifelter und trauriger. Irgendwann fing er leise an zu weinen, wütend wurde er nicht. Schließlich wurde Vanessa wütend. Immer wieder redete sie auf Robin ein, dass sie die Schaukel doch festhalte und dass er es allein schaffen kann. Robin schaffte es wieder nicht. Mit großen Augen fragte er seine Mutter, ob sie ihn nicht hochheben kann. Anna spürte, wie sie nach Worten rang. Vanessa sagte: *Dann versuchst Du es eben morgen wieder. Da klappt es bestimmt.*

Natürlich verstand Robin nicht, dass er es morgen noch einmal versuchen sollte. Als Vanessa ihn an die Hand nahm, um mit ihm zurück zur Sandkiste zu gehen, fing er wieder an zu weinen. Vanessa erwiderte freundlich, aber bestimmt: *Wenn Du nicht aufhörst, gehen wir nach Hause.* Natürlich hörte Robin nicht auf. Natürlich konnte er sich auch noch nicht allein auf die Schaukel setzen. Natürlich brauchte er dafür richtige Hilfe.

Anna wusste, dass Vanessa nicht nach ihrem Instinkt reagierte, sondern nach einem dieser neuen Erziehungsratgeber, die Eltern dazu motivieren sollten, Kinder rechtzeitig zur Selbstständigkeit zu erziehen. Man sollte alles allein machen, ganz nach dem Motto: Jedes Kind kann schlafen lernen. Jedes Kind kann essen lernen. Jedes Kind kann schaukeln lernen. Anna streifte Sandras Blick, die mindestens genauso verwundert schaute wie sie. Beide trauten sich nicht, etwas zu sagen. Als Vanessa nicht hinschaute, schnappten sie sich den Jungen und setzen ihn auf die Schaukel. Sie riefen: *Schau mal, Vanessa. Robin hat es geschafft.* Sandra und Anna schwankten auf einer unsichtbaren Schaukel zwischen Begeisterung und Traurigkeit.

Während Robin schaukelte, schrie auf einmal ein Kind: *Schau mal, der Hund da.* Alle drehten sich um und sahen die Frau, die sie nur von ihren ökologischen Flugblättern her kannten, wie sie mit ihrem Hund auf der Wiese stand, der offensichtlich sein Geschäft erledigte. Anna sagte mit ihrem trockenen Hamburger Humor: *Ja, auch vegetarische Hunde müssen mal Kacka machen.* Vanessa lachte laut auf. Diese Frau war noch extremer als Anna und würde so wie ihr Hund lieber aus Pfützen als aus Plastikflaschen trinken.

Während die Frau mit ihrem Hund den Berg hochging, lächelten sich Sandra und Anna wie durch einen Filter an und blendeten aus, dass Vanessas Sohn gerade von der Schaukel gefallen war und nun nach ihnen und nicht nach seiner Mutter rief.

Sandra und Anna wussten beide, dass sie so waren, wie sie in den Ratgebern nicht sein durften: Schwach, nachgiebig, manchmal auch hilflos und unbeständig, also irgendetwas zwischen Helikoptermüttern und Rabenmüttern.

Als Sandra und Anna feststellten, wie sie gegenseitig tickten, konnten sie sich anvertrauen. Über die heimlichen Milchflaschen, die ihre Kindergartenkinder vorm Einschlafen im Elternbett tranken und dann auch noch im Elternbett einschliefen und, was noch viel schlimmer war, nicht herausgetragen wurden, weil sie sonst wieder aufwachten. Sie ignorierten sämtliche Warnungen von selbst ernannten Experten. Experten, die vergaßen, dass Kinder schon seit Jahrtausenden im Bett oder zumindest in der unmittelbaren Nähe ihrer Eltern geschlafen hatten und dies in anderen Völkern auch heute noch üblich war, ohne dass jemand auf die Idee kam, sie paranoid zu nennen oder sie auf dem Scheiterhaufen des digitalen Shitstorms zu verbrennen. Anna und Sandra waren froh, wie sie waren, aber sie wussten auch: So schlecht wie heute waren die Zeiten für normale Eltern noch nie.

Es war daher auch nicht verwunderlich, dass Vanessa bei Sandra und Anna mit ihren gut gemeinten Ratschlägen zur Kindererziehung nie richtig ankam.

Anna fand es im Grunde genommen ganz einfach. Sie machte es so wie bei ihren Patienten: Anna holte ihre Kinder da ab, wo sie gerade standen. Und sie war besonders effektiv darin, den wahren Ursachen auf den Grund zu gehen. Ihre Kinder waren nie ohne Grund bockig oder traurig. Anna versuchte immer erst zu verstehen und dann zu handeln, während es bei Vanessa eher umgekehrt war. Und Sandra, die Kinder über alles liebte, kam erst gar nicht auf die Idee zu schimpfen, sondern sie konnte besser als jeder Erziehungsexperte ganz instinktiv den Kindern auch in den schlimmsten Momenten allein durch ihre Herzenswärme ein Lächeln abringen.

Auf dem Spielplatz aber lächelte Vanessa nur sehr selten. Denn Vanessa beobachtete nicht so wie Anna und Sandra die Kinder beim Spielen. Sie konzentrierte sich vor allem auf die Erwachsenen und die Namen der Kinder, und oft hatte sie dabei das Gefühl, dass die Eltern eine Wette verloren hatten.

Sie erinnerte sich dann daran, dass sie früher mit einem Mann zusammen gewesen war, der eine seltsame Vorstellung von der Namensgebung seiner zukünftigen Kinder hatte. So sollten die Vornamen mit dem Buchstaben beginnen, der nach seinem Vornamen kam. Da sein Name mit dem Buchstaben *K* anfing, war es also das *L* und danach das *M*. Vanessa zweifelte damals daran, dass das wirklich ernst gemeint war. Aber andererseits dachte sie auch nicht mehr darüber nach, bis nach ihrer Trennung im Laufe der Jahre lauter Karten mit Bildern selig schlafender Babys bei ihr eintrudelten, auf deren Rückseite der stolze Vater die Geburt eines seiner vier Kinder verkündete. Es trat tatsächlich das ein, was er damals Vanessa verkündet hatte. Die Vornamen seiner Kinder begannen mit *L* und mit *M*: Lasse, Liane, Luke und in Ermangelung eines weiteren *L* kam Matte dazu.

Jedes Mal, wenn so eine Karte eintraf, war Vanessa erleichtert, dass sie mit ihm keine Kinder bekommen hatte. So etwas hätte er mit mir jedenfalls nicht machen können, glaubte sie. Diese halben Phantasienamen, die in Mode gekommen waren und die in den Augen der jungen Eltern die Besonderheit ihrer Kinder unterstreichen sollten. Nachdem sie keine weitere Post mehr von ihm erhielt und Vanessa annahm, dass es bei den vier Kindern geblieben war, stellte sie sich vor, wie Lasse im Urwald an einer Liane hochkletterte und Luke (Skywalker) auf einer Matte in Richtung Universum surfte.

Inzwischen war die Kombination dieser Namen ja fast harmlos. Im Kindergarten, in der Schule und auf dem Spielplatz hörte sie Namen wie Melody-Europa, Fanta, Legolars und Marie-Johanna, wobei sich letzterer schnell gesprochen wie *Marihuana* anhörte. Vanessa hoffte nur, dass diese Kinder wenigstens einen vernünftigen Zweitnamen hatten, den sie später annehmen konnten, wenn sie nicht mehr länger Fanta Meyer oder Melody-Europa Hartmann heißen wollten.

Grenzüberschreitungen

Unterhalb des Spielplatzes begann eine Wiese, die die Halbhöhenlage mit der Kernstadt verband. Sie gehörte seit einigen Jahren zu einem Landschaftsschutzgebiet, das eher von Hunden und ihren Besitzern genutzt wurde als von Ausflüglern und Erholungssuchenden. Irgendwann wurden dort vom Bürgerverein ein Zelt und eine provisorische Bühne für die Stadtkapelle aufgestellt. Einige Wochen zuvor hatte ein Autokran mitten auf der Wiese mehrere Steinskulpturen mit jeweils ein oder zwei Blöcken Autoschrott abgesetzt. Die erste Skulptur, die direkt unterhalb des Spielplatzes platziert wurde, war eine nackte übergewichtige Gewichtheberin, die mit zwei Gewichten in Form von gepresstem Autoschrott in die Hocke ging und dabei ihre überdimensionalen Brüste zusammenpresste. Außerdem trug sie einen Mundschutz wahrscheinlich wegen des Feinstaubs, der auch vor Salzbach nicht haltmachte.

Als Annas Kinder von der Schule nach Hause kamen, fragten sie nur: *Was soll das denn sein?* Und Anna antwortete: *Das ist Kunst!* Daraufhin empörte sich der Jüngste: *Die braucht aber eine Unterhose und ein T-Shirt!* Nebenher erzählten sie Anna, dass ein Hund gerade dagegen gepinkelt hatte.

Nachdem fast alle anderen achtzehn Skulpturen in den Boden zementiert wurden, bekamen die Anwohner von der Stadt einen Brief, der zur Vernissage einlud. Es sollten Grenzüberschreitungen erlebt werden und ein Dialog zwischen Autoschrott, grüner Wiese und den Anwohnern stattfinden. Anna saß auf einer der Bänke beim Spielplatz und schaute zu, wie sich die Menschen um das Bewirtungszelt versammelten. Aus entspannter Entfernung hörte sie die Stimme des Bürgermeisters, der die Vorzüge des Grünstreifens anpries, natürlich ohne die Hundehaufen zu erwähnen.

Als Anna auf dem Nachhauseweg noch kurz mit ihren Kindern die einzelnen Skulpturen abging, standen dort auf den Schildern keine Namen der Künstler und Kunstwerke so wie in der Lokalzeitung, sondern: *Achtung! Bitte das Kunstwerk nicht berühren. Eltern haften für ihre Kinder.*

In der Zeitung hatte sie auch gelesen, dass die Werke ein ganzes Jahr auf der Wiese stehen bleiben sollten, so dass die meteorologischen Veränderungen die Wirkungen der Steinmetzarbeiten beeinflussen konnten. Dass in dem alten Autoschrott Ölreste und Sondermüll verblieben waren, die bei Regen in den Boden versickern konnten, darüber stand nichts in der Zeitung. Die nächsten Monate war Anna oft auf der Wiese zu sehen, fast auch wie eine dieser Statuen, um den PU-Schaum aufzusammeln, der sich von den Schrott-Sockeln abzulösen begann.

Dabei kam sie auch das erste Mal mit den Hunden und deren Besitzern in Berührung. Eines Abends, als sie wieder einmal ihren Rundgang über die Wiese machte, rannte ein großer Hund auf sie zu und sprang an ihrem Sohn hoch, der mitgekommen war. Sie versuchte den Hund mit dem Eimer, in dem sie den PU-Schaum sammelte, zu verjagen, bis sein Besitzer auftauchte. Anna fragte ihn freundlich: *Können Sie bitte Ihren Hund anleinen?* Seine Reaktion war laut und rechthaberisch: *Dann leinen Sie doch Ihre Kinder an!* Anna war wie erstarrt angesichts der Arroganz der Gegenwart und wusste nicht, ob das noch ihre Welt war, in der Hunde und Kunstwerke wichtiger waren als Kinder.

Anna

Die Begegnung mit dem Mann auf der Wiese bestätigte Anna darin, dass es besser war, anderen Menschen mit einer leichten Skepsis zu begegnen. Wenn sie jemanden kennenlernte, übte sie sich erst einmal in professioneller Empathie, bevor sie sich auf Nähe einlassen konnte.

So war es auch bei ihrem Mann, den sie unter dem Schutz eines Gewächshauses kennen gelernt hatte. Die Kamera, die er bei sich trug und die er auf die Schmetterlinge gerichtet hatte, beruhigte sie. Schon länger hatte sie ihm durch die Glastür hindurch zugeschaut. Normal und durchschnittlich und auch ein bisschen ungewöhnlich wirkte er auf sie, so wie die Anzeige im Internet, auf die sie geantwortet hatte: *Erdgebundener Akademiker sucht ebensolche Sie zum gemeinsamen Ausschwärmen.*

Sie kam sich albern vor mit ihrer Kamera, die sie wie eine zerbrechliche Vase in ihren Händen hielt. Sie waren die einzigen ohne Handy im Schmetterlingshaus, in dem es schwül war und ihre Brille und das Objektiv beschlug. Sein Lächeln riss sie aus ihrer Erstarrung und Unentschlossenheit. Als er sie auf die unterschiedlichen Flügelformen der Schmetterlinge aufmerksam machte, erkannte sie in dem ruhigen Ton seiner Stimme, dass sie ihm nicht erklären musste, wer sie war und wie lange sie nach ihm gesucht hatte. Fast aussichtslos, wenn man als Ärztin keinen Kollegen heiraten wollte, weil man auch einmal über etwas anderes als nur über Krankheiten reden wollte. Als Akademikerin hatte *frau* in der normalen Welt, in der die meisten Männer immer noch nach unten heirateten, keine Chance.

Auch wenn Anna zögerlich auf ihn zuging, verriet ihr sein Lächeln, dass er sie nicht enttäuschen würde, dass die Vorzeichen in dieser Tropenhitze zwar nicht ideal aber fast optimal waren. Und nachdem sie eine Zeitlang auf der Bank im Gewächshaus gesessen hatten, waren es irgendwann nicht mehr nur die Schmetterlinge, die sie anschauten.

Eigentlich fand es Anna schwer, mit anderen Menschen zurechtzukommen. Nicht beruflich, sondern nur im Alltag hatte sie diese Schwäche. Zu verstehen, was Menschen meinten, wenn sie Smalltalk miteinander hielten, war für Anna nicht immer einfach.

Die anderen dachten, dass sie durch ihren Beruf so ernsthaft geworden war. Aber Anna wusste, dass sie immer schon so gewesen war. Schon als Kind, wenn ihre Schulkameraden feierten, saß sie lieber auf der Fensterbank im Klassenzimmer und schaute den anderen zu. Es war beruhigend für Anna, dass es mit der Zeit besser wurde. Menschen waren nur noch ein bisschen kompliziert.

Zuhören hingegen war für Anna, der manchmal die Worte fehlten, einfach. Anna konnte zuhören, indem sie die offizielle Version herunterschluckte und die restlichen Wörter und Pausen abschmeckte wie einen lange gelagerten Wein. Hauchdünn war dann der Moment, wenn es ihr gelang, wirklich etwas zu begreifen und es nicht zu begrenzen, nur weil es anders war als sie. Das spürten auch die anderen, wenn sie mit Anna zusammen waren. Zuhören war einfach, und es gab kein schlechtes Gefühl, keinen inneren Abgrund, über den man mit Anna nicht reden konnte.

Außerdem kam hinzu, dass Anna in ihrem Leben sowohl Glück als auch Unglück erlebt hatte. Nicht nur bei ihren Patienten, sondern auch bei sich selbst. Sie hatte schon so viel erlebt, dass manche, denen sie davon erzählte, meinten, es würde nicht in ein Leben hineinpassen. Auch wenn Anna das nicht so empfand, verstand sie, wie es auf andere wirken musste. Wie einem leicht ums Herz wurde, wenn man erkannte, dass andere Menschen mindestens dieselben Sorgen und oft sogar viel schlimmere Sorgen gehabt hatten als man selbst. Schon allein dadurch konnte man sich frei fühlen und zu erzählen beginnen, weil man spürte, dass man vor der Reaktion des anderen keine Angst zu haben brauchte.

Anna hörte besonders gerne den Gesprächen von Kindern zu, auch wenn es manchmal irritierend für sie war. Denn spätestens seitdem ihre eigenen Kinder mit acht Jahren zu kleinen Erwachsenen geworden waren, nahm sie die Gespräche unter den Freunden ihrer Kinder sehr ernst. Vielleicht manchmal auch zu ernst. Denn wenn zum Beispiel der Freund ihres jüngsten Sohnes sagte, er wolle später mal bei Porsche arbeiten, weil da alle Egoisten seien, drehte sich bei Anna der Magen um und sie musste sich zurückhalten, um den Kindern nicht das Mittagessen zu vermiesen.

Sie dachte auch noch lange darüber nach, als ein anderer Junge auf dem Kindergeburtstag andere Kinder als dumm bezeichnete oder ein anderer Junge sagte, dass er sich gerne prügeln würde, das mache sein Vater auch immer so. Manchmal war Anna schlagfertig, oft aber auch nur sprachlos. In einer Welt, in der Kinder wie Pokale herumgetragen wurden, nachdem die Frauen als Trophäen ausgedient hatten.

Trotzdem glaubte Anna an die Kraft jedes Einzelnen. Sie glaubte nicht an Gott, sondern daran, dass jeder Mensch etwas Göttliches in sich trägt. Eine Kraft, um zu verbinden und nicht um zu trennen. Talente, die im Alltag untergingen, aber die von Anna wieder ausgegraben wurden. Und so fand Anna schließlich bei jedem ihrer Mitmenschen etwas Liebenswertes, das sie freilegte wie eine Archäologin. Bei Vanessa fand sie in ihrer harten Schale einen weichen Kern und sah mehr als die perfekt geschminkte Lehrerin in ihr. Und Sandra kam eigentlich erst durch Anna wieder zum Malen, weil Anna beiläufig gesagt hatte, dass jeder selbst bestimmt, wer er ist.

Außerdem entwickelte Anna, die bei vielen ihrer Patienten erlebte, dass sie ihre Pläne und Wünsche vor sich hergeschoben hatten, schon früh ihr Lebensmotto, dass es besser ist, sich jeden Tag einen Wunsch zu erfüllen und jeden Tag wie einen Geburtstag zu erleben. Deswegen hatte sie sich auch zu so manchem durchgerungen, was ihr Lebensfreude spendete. Ohne diese Selbsterfahrung konnte sie sich gar nicht mehr vorstellen, Ärztin zu sein.

Und so war der Spruch *Wenn nicht jetzt wann dann* bei Anna keine Worthülse, sondern sie lebte es wirklich. Auch deswegen hatte sie so viel erlebt, weil sie nichts aufgeschoben hatte. Die Freuden des Alltags, die sie nicht verstreichen ließ. Die verrückten Ideen, die sie ausgelebt hatte. Aber auch die Gedanken, die sie bis in die Zukunft trugen. Ihre Spontanität war mindestens genauso ungezwungen wie ihre Bereitschaft, über Konsequenzen nachzudenken. Insofern war es nur eine logische Folge, dass sie sich nachhaltig ernährte, weil sie schon früh nachhaltig dachte. Was anderen schwer fiel, nämlich etwas zu verändern, fiel ihr leicht, weil sie an die positive Kraft der Menschen und damit auch an sich selbst glaubte. Es war eine Selbstverständlichkeit, die für sie authentischer war als jede Religion.

Anna war eine Freundin, die einem nicht den Weg vorgab, sondern die einfach mit einem ging. Sie hatte nie Zweifel daran, dass alles gut geht und dass man es schaffen kann. Selbst wenn der Weg, den sie mitging, nicht nur holprig, sondern auch gefährlich wurde. Für Anna war kein Ziel unerreichbar, kein Gedanke zu abwegig. Für andere war dies ein Geschenk. Für Anna war es nichts weiter als ein Charakterzug, der sich während des Studiums noch verstärkt hatte.

Damals als sie auf der Unfallstation einer Klinik gearbeitet hatte, die auf die Behandlung von querschnittsgelähmten und komatösen Patienten spezialisiert war. Im Vergleich zu Anna konnten die Patienten nicht laufen oder ihre Arme bewegen. Manche lagen im Koma oder konnten nur durch Augenbewegungen mit Anna kommunizieren. Morgens vor dem Beginn der Frühschicht ging immer ein Pfleger über den großen Gang der Station und läutete mit einer Glocke den Tag ein. Es war der Versuch, einen Tagesrhythmus hinzubekommen. Der feste Glaube daran, dass Orientierung auch innerhalb der Bewusstlosigkeit möglich war.

Jeden Vormittag hatte Anna die Aufgabe, einen der Querschnittsgelähmten ins Bad zu fahren, ihn zu duschen und ihm die Zähne zu putzen, die eigentlich schwierigste Aktion, da sie nie genau wusste, ob sie mit der Zahnbürste an der richtigen Stelle war. Danach zog sie ihre Strümpfe aus und zog Clogs aus Plastik an. Nachdem sie dem jungen Mann sein Flügelhemd ausgezogen hatte, krempelte sie sich die Hose hoch und zog sich einen wasserfesten durchsichtigen Poncho über. In diesem Outfit kam sie sich vor, als wenn sie auf eine Expedition ging und nicht unter die Dusche. Sie schob den jungen Mann im Rollstuhl in die Duschkabine und stellte den Duschkopf an. Natürlich wurde Anna auch nass. Beide fanden das lustig, diese Kombination aus Lächerlichkeit und Normalität, die einem nicht die Tränen, sondern ein Lachen ins Gesicht treiben konnte.

Anna war damals das erste Mal dankbar für die Leichtigkeit ihres Lebens. Sie war dankbar für diesen kleinen Augenblick des Glücks, wenn sie sich mit den Männern in ihrem Alter ungezwungen über ihr Leben unterhielt und spürte, dass sie ihnen in der ersten schweren Zeit nach dem Unglück helfen konnte. Indem sie ihnen zuhörte und eine Ahnung davon bekam, dass nur eine winzige Unachtsamkeit dazu geführt hatte, dass sie nicht mehr ihre Beine bewegen konnten. Der Sprung in den Badesee, der Stein, der nicht zu sehen war, die zu scharfe Kurve mit dem Motorrad auf der Landstraße nach Hause.

Wenn sie gefragt wurde, wie sie diese Arbeit überhaupt machen konnte, sagte Anna, dass es nicht das Schreckliche ist, sondern das Schöne, das Menschen manchmal selbst in den schlimmsten Situationen füreinander tun können. Anna fand auch, dass sie viel mehr zurückbekam als sie selbst geben konnte.

Seitdem sie dort gearbeitet hatte, las Anna keine Ratgeber mehr über das Glück. Sie wusste, dass die Machbarkeit des eigenen Glücks, das dort so angepriesen wurde, reiner Luxus war, den sich die Menschen nur leisten konnten, weil sie zufällig zur richtigen Zeit am richtigen

Ort und im richtigen Fahrzeug waren. Obwohl sie nicht viel darüber sprach, hatte Anna diese Arbeit sehr geprägt. Anna schaute dadurch ganz anders auf das Leben. Auch das war ein Grund, warum ihr Smalltalk schwerfiel.

Das Frühjahr

Es gab eine Welt, die im Halbdunkel nur Anna gehörte. Darum mochte sie so gerne Spaziergänge in der Dämmerung. Besonders im Frühjahr, wenn die Temperaturen noch frisch waren und die Vögel ihre Stimmen noch ausprobierten. Am liebsten ging sie ohne Kontaktlinsen. Sie hatte dann das Gefühl, wie wenn die Wege erst beim Gehen entstünden. Vielleicht weil sie den Weg nicht sehen konnte, hatte sie dieses Gefühl. Vielleicht auch, weil sie hörte, wie die Grashalme mit jedem Schritt einen Knick bekamen. Sie konnte sich dadurch regelrecht vorstellen, wie der Weg erst platt getreten werden musste, um zu einem richtigen Weg zu werden.

Ganz besonders schön war es, wenn sie ihren Mann als Blindenhund mit dabeihatte. Schweigsam gingen sie dann. Eingehakt wie ein altes Ehepaar. Mit stillem Einverständnis. Zwei Liebende, die alle Phantomsätze vergessen hatten. Phantomsätze, die man sagt, um die Stille zu überbrücken. Oder die man sagt, um von sich abzulenken.

Wenn sie eingehakt über die Wiese gingen, brauchte es keinen Alltagsstreit um verloren geglaubte Dinge. Keine Sätze, die sie lieber nicht gesagt hatten. Und gab es doch einen Zweifel, dann verschluckte ihn die zunehmende Dunkelheit. Irgendwann achtete sie nur noch auf die Sterne, die wie ein Feuerwerk zu flackern begannen, weil Anna in der Ferne sehr unscharf sah und alles miteinander verschwamm.

Wenn Anna so halb blind unterwegs war, fühlte sie, dass sie überall zuhause sein konnte, vorausgesetzt sie fühlte sich innerlich zuhause.

Wenn sie ohne ihren Mann unterwegs war, hakte sie sich in sich selbst ein. Sie ging schweigsam ihre Wege, die vorher noch niemand gegangen war. Sie ging zurück, als ginge sie nur weiter.

Auf dem Rückweg lauschte Anna, wie schnell ihr Herz beim Gehen schlug. Sie ging ohne Selbstsucht wieder nach Hause. Gereinigt und immer auch ein wenig angeheitert, weil sie einfach nur in das Leben verliebt war.

Hinter dem Walnussbaum

Herr Werner stand am Fenster seines großen Hauses, das er mit seiner Mutter bewohnte und schaute zu den Häusern, die in den letzten Jahren oberhalb seines Grundstückes entstanden waren und ihm die Sicht versperrten. Sein Walnussbaum verdeckte die fast staudenähnlichen hellgrünen Pflanzen, die seit neuestem auf der Terrasse des Nachbarn standen. Die standen gestern noch nicht da, dachte er, und schaute gleich noch einmal genauer hin. Herr Werner, der ein gestandener 68-iger war, dachte nur, die sehen ja aus wie Cannabispflanzen, und machte das Fenster einen Spalt breit auf, um Luft hereinzulassen. Er roch jedoch nichts außer den Rosen, die drinnen im Schlafzimmer seiner Mutter auf dem Fensterbrett standen. Spontan fiel ihm ein, dass die Hecke hinter dem Haus auch einmal wieder geschnitten werden müsste. Bei dieser Gelegenheit könnte er dann auch nachsehen, was das eigentlich für Pflanzen waren.

Als er am nächsten Morgen mit der Heckenschere voran über der Hecke lag, sah er aus wie ein Weitspringer kurz vor der Landung. Schließlich tat er so, als wolle er auch von der anderen Seite die Hecke schneiden. Bei den Nachbarn war niemand zu sehen. Dafür hatte er einen gestochen scharfen Blick auf die Pflanzen vor der Terrasse. Herr Werner war fast ein wenig enttäuscht. Die vermeintlichen Cannabispflanzen waren nichts anderes als Tomatenpflanzen, an denen schon die ersten grünen Tomaten zu sehen waren. In diesem Moment fiel ihm die Heckenschere aus der Hand auf das Nachbargrundstück. Herr Werner musste nun dort klingeln, um seine Heckenschere zurückzubekommen.

Als es klingelte und Anna die Tür aufmachte, stand dort ein schlecht gelaunter Mann, den sie bisher nur von weitem hinter dem Walnussbaum auf dem Nachbargrundstück gesehen hatte. *Selbstverständlich hole ich Ihnen die Schere aus dem Garten*, erwiderte sie höflich und verschwand. *Möchten Sie auch Tomaten haben*, fragte sie den Mann, als sie wieder zurückkam: *Die werden jetzt bestimmt bald reif, wenn Sie sie in die Sonne legen.* Dem Mann stockte der Atem. *Nein, danke*, erwiderte er nun betont freundlich, *ich habe gesehen, wie ein Fuchs auf Ihrer Terrasse war. Der könnte ja an Ihre Tomaten gekommen sein.*

Als Herr Werner wieder zuhause am Fenster stand, beobachtete er, wie diese nette Unbekannte ihre Tomatenpflanzen ins Wohnzimmer schleppte. Er nahm sich vor, das nächste Mal nicht mehr ganz so pingelig zu sein, wenn ihre Kinder die Walnüsse aufsammeln wollten, die von hoch oben nicht in seinen, sondern in ihren Garten fielen.

Der nächste Kontakt zwischen Herrn Werner und Anna kam über die Nachbarin unten im Eulenhaus zustande. Susanne hatte Anna darum gebeten, weil ihr Schwiegervater mit Herrn Werner befreundet war. Herr Werner bewohnte mit seiner Mutter das Haus ganz allein. Und es schien einige medizinische Probleme zu geben, die, so drückte Susanne sich aus, am besten behutsam zu lösen wären. Anna, die normalerweise keine Freunde oder Nachbarn behandelte, machte bei Herrn Werner eine Ausnahme, weil Susanne ihr versicherte, dass Herr Werner keine Behandlung wollte. Nur einen Rat für seine Mutter, deren Wunden nicht zuheilten.

Im Haus von Herrn Werner und seiner Mutter war es dunkel. Zum einen trug die Verschattung des Baumbewuchses dazu bei, zum anderen die kleinen Fenster, die Anna im Gegensatz zu ihren Terrassenfenstern wie kleine Luken in einem U-Boot vorkamen.

Das Haus schien Anna viel zu groß für ihn und seine Mutter, gebaut in Zeiten, als es noch keinen Flächenfraß gab. Der Eingangsbereich war riesig und der Flur endlos. Der Garten war so groß, dass locker noch ein weiteres Haus darauf Platz gehabt hätte.

Im Innern des Hauses spiegelte sich die Welt wie im Haus von Annas Großeltern. Sauber, aber mit furchtbar viel Krimskrams und Dekoartikeln bestückt, die schon im Flur den Eindruck erweckten, als würde in diesem Haus ein Flohmarkt stattfinden. Die unter Häkelmützen versteckten Toilettenrollen gehörten selbstverständlich dazu.

Als Anna sich auf dem Gäste-WC nach der Untersuchung die Hände wusch, wurde ihr klar, warum Herr

Werner hier mit seiner Mutter allein lebte. Herr Werner lebte von der Rente seiner betagten Mutter. Ins Pflegeheim wollte sie nicht, das Haus verkaufen sowieso nicht. Also richtete Herr Werner sich darauf ein, mit ihr und den Wunden, die sie sich nach zahllosen Stürzen zugezogen hatte, zurechtkommen zu müssen. Anna hatte nicht den Verdacht, dass körperliche Misshandlung die Ursache war, wohl aber Unwissenheit und Sparsamkeit, die beide daran hinderte, sich einen Pflegedienst ins Haus zu holen. *Die wischen meiner Mutter doch nur kalt über den Rücken, verlangen dafür fünfzig Euro und sind dann gleich wieder weg!*

Herr Werner wusste, wie es läuft und war nur schwer vom Gegenteil zu überzeugen. Als Anna ihn darüber aufklärte, dass die Wundversorgung von der Krankenkasse voll übernommen und dies keine Abstriche vom Pflegegeld bedeuten würde, schaute er ihr das erste Mal in die Augen. *Das hätte mir mein Hausarzt aber auch sagen können.* Anna seufzte: *Kennt er denn die Wunden Ihrer Mutter?* Herr Werner leise: *Nein.* Und dann: *Danke.* Anna zurück: *Gerne. Und sprechen Sie bitte mit Ihrem Hausarzt. Er kann das veranlassen.*

Herr Werner verbarg seine Freundlichkeit hinter einer mürrischen Maske und lächelte, ohne dass es ansteckend war. Während Anna ihn ansah, versuchte sie auch bei Herrn Werner etwas Liebenswertes zu sehen. Etwas, das ihn auszeichnete hinter seiner bröckelnden Maske aus chronisch schlechter Laune. Seiner Mutter, die hilflos im

Bett lag, streichelte sie die Hand, und versprach ihr, dass der Sohn alles regeln würde. Und da nur Vertrauen Angst heilen kann, fasste sich Anna ein Herz und strich auch Herrn Werner über seine kantige Schulter, als Unterstützung, nicht als Bestätigung. Seine Mutter, die nur von einem Tag zum Nächsten dachte und der auch das manchmal zu viel war, drückte Annas Hand und murmelte, wie gut ihr der Besuch getan hatte und dass jetzt alles gut werde. Anna schluckte, denn Versprechen waren nicht ihre Stärke. Sie blickte noch einmal zu Herrn Werner, auffordernd und freundlich und schwankte zum Ausgang mit der großen doppeltürigen Eichentür, nachdem sie sich von beiden verabschiedet hatte.

Anna wurde klar, dass sie auch hier oben in einer fast geschlossenen Welt lebten, in der man nicht die Probleme der anderen kannte, obwohl man direkt nebeneinander wohnte. Sie sah Herrn Werner die nächsten Jahre auch weiterhin nur noch über den Gartenzaun. Er war zwar nicht mehr ganz so schlecht gelaunt und lächelte manchmal sogar. Trotzdem grüßte er immer von weitem.

Wenigstens das war einfach in Annas Welt, in der man sich entscheiden konnte, wer ein Fremder war und wen man zum Freund haben wollte.

Unsere gemeinsame Geschichte

Anna verstand, dass man sich fremd werden konnte, auch wenn die Chemie mal gestimmt hatte. So war es auch bei Susanne, ihrer Nachbarin und ehemaligen Kollegin, mit der sie nur noch die Vergangenheit verband. Einsame Nächte auf Station. Das unaufhaltsame Klicken der Uhr im Schwesternzimmer. Das Gefühl sich aufeinander verlassen zu können.

Als Anna die Klinik wechselte, sahen sie sich lange nicht mehr, obwohl sie doch befreundet waren. Und irgendwann verloren sie sich, sie bekamen Kinder und hatten genug mit sich selbst zu tun. Sie grüßten sich per Mail, trafen sich noch ein paar Mal, aber fanden nicht mehr zueinander. Wenn man im Café ständig den eigenen Kindern hinterherrennen musste und nicht zum Reden kam, war das eigentlich nicht weiter wild. Und doch schlich sich etwas in ihr Leben ein, das sie voneinander entfernte, wie Kinder in ihren Gummibooten, die mit den Händen gegen die Strömung paddelten. Beide wussten es und konnten es nicht ändern, auch wenn Anna sich anstrengte, an die alten Zeiten zu denken, in denen sie gemeinsam Nachtschicht hatten und sich noch länger unterhalten hatten.

Susanne fand keine Zeit mehr, um zurückzuschauen. Sie hatte mit ihren vier Kindern und der Gegenwart genug zu tun. Fast zehn Jahre lang war das ihre Geschichte:

Windeln wechseln, Milchflaschen befüllen, Kinder trösten, Haushaltsbücher führen. Letzteres war notwendig geworden bei vier Kindern, denn sie verdiente ja nichts. Und das Gehalt ihres Mannes musste für alles reichen. Irgendwann sagte sie zu Anna ein wenig zu beiläufig, dass es auffiel: *Armut bedeutet auch, dass man alles für die Kreditraten ausgibt.* Anna merkte, dass Susanne das erste Mal nachdenklich wurde. Anna konnte sie verstehen und wollte etwas sagen, aber wusste nicht was, und schließlich pflichtete sie ihr bei, ohne konkreter nachzufragen. Sie alle mussten es hinnehmen, dass das Lebensmodell von früher, in der ein Gehalt zum Leben ausreichte, nicht mehr in diese Welt passte.

Obwohl sie ähnlich dachten, wurden Anna und Susanne nicht mehr zu richtigen Freundinnen. Obwohl sie nun nur ein paar Häuser entfernt wohnten, sahen sie sich kaum, da Susanne, als die Kinder größer wurden, durch ihre vielen ehrenamtlichen Tätigkeiten noch viel weniger Zeit hatte. Wenn sie sich trafen, fühlte sich Anna durch Susannes Herzlichkeit aufgesogen, hineingezogen in einen Strudel, der Anna nicht zu Wort kommen ließ.

Anna fand, es war ein Glück, dass Susanne offenbar mit sich selbst im Reinen war. Anna ahnte auch, dass es Arbeit war, wenn man befreundet bleiben wollte und dass Freundschaft, die auf Einseitigkeit beruht, es verdient, zu scheitern.

Susanne fühlte sich unwohl, wenn sie Anna traf. Nicht weil sie Anna nicht mochte, sondern weil Anna sie an früher erinnerte. Als Susanne noch keine Kinder hatte und für Annas Umweltbroschüre *Umweltschutz ist Medizin* als Einweg-Krankenschwester Modell gestanden hatte. Von einer Plastikfolie umwickelt stand sie im Aufwachraum und schaute, ohne zu lächeln, in Annas Kamera. Immer wenn Susanne Anna sah, musste sie daran denken. Es war eine schöne Zeit gewesen. Anna, die Susanne in diese Plastikfolie eingewickelt hatte. Faltenlos, damit es so aussah, als wäre Susanne in eine riesige Plastiktüte eingeschweißt.

Als die Broschüre fertig war, erschien Susanne wie eine Warnung auf dem Titelblatt. Nicht an das Titelblatt dachte Susanne, sondern daran, wie schön die Zeit mit Anna gewesen war. Vielleicht war es das, was Anna sie von ihr entfernte. Denn Susanne sah, dass Anna sich nicht verändert hatte. Susanne hingegen schon. Die Kinder und ihr Engagement ließen sie innerlich altern, auch wenn man ihr das von außen nicht ansah. Das Leben im Hamsterrad ging auch an ihr nicht spurlos vorüber. Einerseits brauchte sie diese vielen Beschäftigungen, um das Gefühl zu haben, gebraucht zu werden. Und andererseits spürte sie die zunehmende Belastung und den Wunsch, endlich zur Ruhe zu kommen. Beides miteinander vereinbaren ließ sich nicht. Die Tage rasten im Eiltempo durch ihre Wochenpläne. Zeit wurde für Susanne kostbar. Sie rann ihr aus den Fingern wie flüssiges Gold.

Wenn Susanne an Anna dachte, wurde sie daher immer ein wenig traurig. Susanne, der sonst nicht die Worte fehlten, verstummte. Aber wenn Anna dann leibhaftig vor ihr stand, war Susanne wieder in ihrem Element. Sie überspielte die Traurigkeit, die sie unsicher machte, indem sie redete wie ein Wasserfall. Ändern konnte sie es nicht. Und schließlich war Anna diejenige, die im Beisein von Susanne verstummte.

Fast Dating

Anna wusste aus Susannes Erzählungen, als sie noch richtige Freundinnen waren, dass man sich in der S-Bahn, über eine Zeitungsanzeige, im Internet oder in der Sauna kennenlernen konnte. Susanne war es auch, die Anna vor einigen Jahren dazu überredet hatte, an einem Fast-Dating-Event teilzunehmen. Schließlich sollte Anna endlich jemanden kennen lernen, bevor sie als kinderlose Ärztin zur strengen Oberärztin mutierte.

Anna stellte sich vor, wie Susanne und ihr Mann damals in der Dampfsauna gesessen und sich gegenseitig Luft zugefächelt hatten. Das würde sie jetzt auch gerne, in der drückenden Betriebsamkeit dieses Szene-Lokals. Die Bewerber saßen brav auf ihren Hockern, während die Frauen es sich in den Sesseln wie bei einer Sprechstunde gemütlich machten. Einer der Organisatoren klingelte alle sieben Minuten mit einer kleinen Tischglocke. Dann mussten die Männer einen Hocker weiter rutschen. Sieben Minuten Redezeit zogen sich lange hin, vor allem wenn man sich nichts zu sagen hatte.

Anna traf auf Männer, von denen keiner zugeben wollte, schon öfter an diesem Event teilgenommen zu haben. Für Anna und all die anderen Männer schien es das erste Mal zu sein. Routiniert eröffnete ein Kandidat ihr die Möglichkeit, aus Annas Blut einen Edelstein machen zu können, gemeinsam mit einer zweiten, natürlich seiner

Blutprobe, wie eine Verschmelzung. Als Schmuckdesigner könne er schließlich fast alle Wünsche erfüllen. Anna sah in seine Augen, so wie sie es immer machte, wenn sie wissen wollte, warum sie jemanden nicht mochte, und sie erkannte dort die Selbstsucht, die aus der Unfähigkeit entstanden war, sich selbst zu lieben. Er blinzelte zurück und verwechselte Annas Blick mit Bewunderung, bis die Tischglocke ertönte und sie sich von ihm abwenden konnte.

Ein anderer Mann versuchte Anna nicht nur mit dem Landgasthof seiner Eltern zu beeindrucken, sondern auch mit seiner Eigentumswohnung, die direkt am Haus seiner Eltern liegen würde. Und dann war da einer, den Anna in einem anderen Leben und zu anderer Gelegenheit gerne wieder getroffen hätte. Ein stiller und nachdenklicher Mann, der sich nicht in den Vordergrund drängte. Trotzdem kreuzte Anna auf dem ausliegenden Zettel nicht an, dass sie ihn gerne kennenlernen würde.

Anna war damals froh, als die Glocke dreimal zur Pause klingelte und die Musik anging. Sie fühlte sich erschlagen von dieser besonderen Casting-Mentalität des Weiterrückens. Platz machen für einen neuen Bewerber, ein Wechsel-Dich-Spiel, das auch auf der Damentoilette weiterging. Die Frauen unterhielten sich über die Toilettenwände hinweg. Es waren mehrere Freundinnen, die gemeinsam hergekommen waren und die es so wenig ernst nahmen wie Susanne (die ja ihren zukünftigen Mann bereits in der Dampfsauna kennen gelernt hatte), mit dem einzigen Unterschied, dass Susanne sich nicht lautstark über die männlichen Bewerber amüsierte.

Wie durch einen Nebel ging Anna damals durch das Menschengewirr auf ihren Platz zurück und blieb starr dort sitzen, bis die Glocke zur nächsten Halbzeit ertönte. Wieder hörte sie zu, schmiss ein paar Gesprächsbrocken wie in einen Raubtierkäfig und wurde immer sparsamer mit dem, was sie von sich zeigen wollte. Andere Paare neben ihr unterhielten sich lachend und vollkommen locker. Während Anna geduldig wartete, dass es vorbei war, dachte sie an die Blutjuwelen und daran, wie leicht es ist, jemanden anzulügen.

Sandra

Lügen oder anderen etwas vorzumachen, fiel Sandra nur in einem Punkt leicht. Wenn es um ihre eigene große Verwandtschaft aus dem Salzbacher Umfeld ging, flunkerte sie die Harmonie dazu, zumindest vor den Nachbarn, die nicht wissen sollten, dass sie stritten wie seit Hunderten von Jahren, als ihre Felder noch nicht Bauland waren und sich die Arbeit auf den Feldern noch lohnte.

Zwar kamen halbe Urgesteine wie Sandra, die durch ihre Bildung inzwischen vieles anders sahen, nicht mehr mit. Aber sie konnte dem Einfluss nicht entkommen, solange sie in Salzbach lebte. Und irgendwann hörte sie einfach nicht mehr hin, wenn wieder einmal ums Geld oder um den Standpunkt gestritten wurde. Das nahm ihre Verwandtschaft zum Anlass, sie als Unparteiische zu sehen. Und freundlich, wie Sandra war, vermittelte sie dann mehr unfreiwillig als freiwillig zwischen den zerstrittenen Onkeln und Tanten hin und her. Sandras Geschwister zogen sich dagegen zurück. Sie waren froh, dass sie nicht um Rat gefragt wurden. Manchmal fragte sich Sandra, ob deswegen ihre Geschwister nicht mehr in Salzbach und Umgebung wohnten.

Spätestens zu den großen Familienfeiern war dann alles wieder gut. Harmonische Betriebsamkeit bis zum nächsten großen Knall, nachdem wieder monatelang nicht mehr miteinander gesprochen wurde. Sandra wusste, dass ihr Wunsch nach Harmonie genau dort entstanden war.

Und so war es eine angenehme Sache, eine Freundin von Sandra zu sein, vorausgesetzt man gewöhnte sich daran, dass ihre Begrüßung nicht nur aus einfachen Küsschen bestand, sondern dass sie die körperliche Nähe ihres Gegenübers förmlich suchte. Ihre Umarmungen waren lange und anhaltend, und sie strich einem durchs Haar wie bei ihren Kindern.

Abgesehen davon, dass sie einem die Frisur ruinieren konnte, gab es keine bessere Freundin als Sandra. Denn besonders wenn es nicht um die Querelen ihrer Verwandtschaft ging, machte Sandra gerne etwas für andere. Wenn jemand in Schwierigkeiten war, ließ sie alles stehen und liegen, um einfach nur da zu sein.

Wenn Sandra *Wie geht es dir?* fragte, wollte sie wirklich genau wissen, wie es dem anderen ging. Und nicht wie viele Menschen, die *Wie geht's?* fragen und einem die Antwort schon vorwegnehmen mit einem *Mir geht es gut.* Wenn Sandra Herzchen in WhatsApp setzte, meinte sie es wirklich so. Man hatte nie Zweifel daran, dass sie es ernst meinte. Das Problem bei Sandra war nur, dass sie im Gegenzug annahm, dass alle anderen es auch gut mit ihr meinten. Dass ihr Mann eine Affäre hatte, bemerkte sie erst, als es bereits zu spät war.

Dabei gab es schon früh ernste Zeichen des Missverständnisses zwischen Sandra und ihrem Mann. Er, der sich mühsam zum Experten für historische Motoren hochgearbeitet hatte, konnte nicht immer teilhaben an Sandras positiver und vorwärts gerichteter Art. Es war ein schleichender Prozess. Kleinigkeiten, die sich vergrößerten, weil sie nie darüber sprachen. Bis sich diese Kleinigkeiten auftürmten und es schließlich damit begann, dass er nicht verstand, warum Sandra auch noch zu malen anfangen musste.

Als die Missverständnisse zunahmen, gewöhnte sich Sandra an, zuerst das Ende eines Buches zu lesen, bevor sie es kaufte. Sie wollte immer erst wissen, ob die Geschichte gut ausging. Deswegen kaufte sie auch nie über das Internet Bücher ein. Denn da konnte sie in der Leseprobe ja nur den Anfang und nicht das Ende des Buches lesen.

Dass Sandra eine entschlossene Optimistin war, die Unstimmigkeiten gekonnt ausblenden konnte, machte sich auch an anderen Dingen bemerkbar. Wie sie lachte, anstatt zu hadern. Wie sie mitfühlte, anstatt zu bemitleiden. Und vor allem, wie sie Besorgnis in etwas Positives verwandeln konnte. Als sie die Nachbarskinder zur Lesenacht eingeladen hatte, fiel durch ein Gewitter der Strom aus. Sandra beruhigte die Kinder einfach damit, dass sich nur ein kleiner Elefant verlaufen und sich in der Stromleitung verheddert hatte.

Letztendlich war es auch ihre Kindheit, die den Unterschied ausmachte. Denn Sandra war mit ihren Geschwistern auf dem Hof ihrer Großeltern aufgewachsen, wo ihre Eltern anfangs auch wohnten, weil ja eigentlich ihr Vater den Hof übernehmen sollte. Sandras Großvater war ziemlich enttäuscht, als ihr Vater Ingenieur wurde so wie Sandras Mann. Und obwohl Sandra im Alter von zehn Jahren dort wegzog, war die Erinnerung an den Hof ihrer Großeltern stark genug und hatte sich in ihr Gedächtnis regelrecht eingegraben. Für Sandra war es manchmal fast unmöglich, ihren Kopf aus dieser gedanklichen Idylle heraus zu stecken. Wie wenn sie immer damit verbunden blieb und der Einfluss der Stadt keine Chance hatte.

In späteren Lebensjahren rettete Sandra sich die Fragmente dieser heilen Welt bis nach Salzbach hinüber. Traktorfahrten, Geruch nach Heu und Dung, ständig irgendwelche Insekten und Grashalme im Haar, Äpfel im Übermaß, so dass man mit dem Essen nicht hinterherkam. Sandras Lieblingsschwein, das ihr folgte wie ein Hund, und das nie geschlachtet wurde. Eine Henne mit einem Federkleid wie ein Chamäleon, das in der Sonne glitzerte wie Gold.

Als sie davon erzählt hatte, war es für Anna und Vanessa nicht mehr verwunderlich, dass in Sandras Fantasie Elefanten auftauchten, die sich in Stromleitungen verhedderten. Und dass Sandra Bilder malen konnte, in denen sich das Licht eines ganzen Tages verfing.

Aber es gab noch eine andere Besonderheit, die Sandra auszeichnete und deren tiefere Quelle ebenfalls in ihrer

Kindheit lag. Sie liebte ihre Kinder über alles und wollte vor allem eines: Zeit mit ihnen verbringen. Dafür nahm sie sich jeden Montag frei, um gemeinsam den Tag mit ihnen zu erleben. Die Erzieherinnen des Kindergartens verstanden das nicht wirklich und fragten mehrmals im Monat nach, ob das immer noch gültig war. Denn Ausnahmen waren im Kindergarten nicht gern gesehen, in einer Zeit, in der Vollzeitarbeit Standard war und gelebte Mutterliebe nicht immer ins Bild passte.

Dabei war es für Sandra der schönste Tag in der Woche, wenn sie gemeinsam die Straße hochgingen und sich von der Spontanität des Spiels treiben ließen. Ein Regenwurm, vor dem die ganze Familie stehen bleiben musste, weil der Wurm dem Reifen des Laufrads gefährlich nah kam. Es ging dann nicht vor, aber auch nicht zurück. Bis sich ihre Tochter dazu entschloss, den Regenwurm in die Hand zu nehmen und ihn in die Hecke des Nachbarn einzutauchen, um dort einen Käfer zu entdecken, der am Arm aus der Hecke herauskrabbelte und mit einem Salto auf die Straße fiel. Wenn der Käfer dann auf dem Rücken landete, konnte das Stunden dauern. Stunden, in denen das Leben des Käfers wichtiger war als die Arbeit auf Sandras Schreibtisch. Am Ende des Tages wusste Sandra nie, was sie eigentlich gemacht hatten, außer dass sie wie beim *Spiel des Lebens* Lebenspunkte gesammelt hatten.

Besonders befremdlich war es für Sandra, als sie in einem Elterngespräch gefragt wurde, ob sie denn keine

Ausflüge am Wochenende machen würden. Der unterschwellige Vorwurf in der Stimme der Erzieherin, nachdem Sandras Sohn auf der Kinderkonferenz wieder einmal stolz verkündet hatte, dass er einfach nur zuhause gespielt hatte, anstatt wie die meisten anderen Kinder die Wochenenden auf Indoor-Spielplätzen oder Kletterparks zu verbringen. Sandra wurde dann sehr deutlich: *Dann kommen sie mal zu uns nach Hause. Sie werden sehen, wie schön es dort ist und wie gut meine Kinder es zuhause aushalten.*

Sandra musste in diesen Augenblicken besorgt an ihren kleinen Neffen denken, der mit seinen Eltern in Singapur lebte und von einer Flugreise zur anderen geschleppt wurde. Als er noch klein war, klammerte er sich immer wie ein Affe an Sandras Bein, wenn er zu Besuch kam. Er war dann wohl doch nicht so in den Metropolen der Welt zuhause, wie seine Eltern zur Beruhigung signalisierten. Jedenfalls konnte er stundenlang auf ihrem Schoß sitzen bleiben und weigerte sich so, auf die nächste Shoppingtour mitzugehen. Als er älter wurde, saß er immer noch auf ihrem Schoß. Aber er hatte jetzt ein Tablet dabei, in dem Glibberfiguren bunte Bälle fraßen und so ihre Farben wechselten. Es schien, er war glücklich, und auch Sandra entspannte und döste schließlich ein.

Ansonsten fand Sandra auf andere Weise Entspannung. Jedenfalls nicht beim Computer spielen so wie später ihre Kinder oder wie Anna, die hierfür ihren Garten und das

Trampolin hatte. Sandra ging auch nicht wie Vanessa zum Yogakurs, sondern sie ging zum Frisör oder ließ sich von ihren Kindern die Haare kämmen. Sie liebte dieses angenehme Gefühl, das sich einstellte, wenn die Haare an der Kopfhaut zogen. Der Schauer, der Sandra dadurch über den Rücken lief, entspannte sie. Wohliges Kitzeln, das sie nicht vorhersehen konnte, weil ja jemand anderes die Haare kämmte. Die Friseurin machte dies gekonnt professionell mit einer Bürste aus Wildschweinhaaren. Die Kinder wurden mit verschiedenen Kämmen und Bürsten bewaffnet. Bei ihnen dauerte es länger. Der Genuss hielt auch länger an. Denn Sandras Kinder wechselten sich ab und lagen im Wettstreit miteinander, wer die beste Frisur hinbekam. In solchen Momenten waren es die einfachen Dinge, die die besten waren. Auch wenn die Frisur ruiniert, das Haar zu glattgekämmt war und die Kinder um die Haarpracht der Mutter stritten. Sandra konnte auch dann noch die Ruhe bewahren, wenn andere längst genervt waren.

Früher, als ihre Kinder noch kleiner waren, schminkte sie zum Fasching zuerst die Kinder. Und danach ließ sie sich von ihnen schminken. Zum Schluss war sie nicht nur im Gesicht bunt gesprenkelt, sondern auch an ihren Armen und Beinen. Das Abschminken dauerte meistens länger als das Schminken. Und wenn es ganz arg kam, musste sie sich alles unter der Dusche abwaschen, was ihr nichts ausmachte. Hauptsache ihre Kinder waren glücklich, dann war sie es auch. Sie spürte dann, dass sie selbst noch ein bisschen Kind war, während andere nur die Mutter, die Nachbarinnen die Malerin und sie selbst die Lebenskünstlerin in sich sah. Ihr Mann hingegen nannte es eine Spur *Verrücktheit*, die er erst mit Begeisterung und im Laufe des Ehelebens mit Fassung zur Kenntnis nahm.

Die nachlassende Begeisterung bei ihrem Mann hatte zur Folge, dass sie sich häufiger stritten, wegen Kleinigkeiten, so dass Sandra zunehmend das Gefühl bekam, als müsste sie endlich einmal Nein sagen. Natürlich nicht zu ihren Kindern, sondern ein freundliches Nein zu ihrem Mann und auch ein deutliches Nein zu ihrer chronisch streitsüchtigen Verwandtschaft. Sandra spürte im Älterwerden auch eine Chance, mehr auf sich selbst zu achten und anderen gegenüber authentischer zu sein. Die Stufe, auf der sie mit anderen befreundet sein wollte, war nicht mehr länger ein locker geknüpftes Band, aus dem sie schnell wieder herausschlüpfen konnte. Sie wollte sich nur noch mit Menschen umgeben, in deren Nähe sie sich wirklich wohl fühlte. Das bedeutete, dass sie lernen musste, anderen Grenzen aufzuzeigen. Sie holte sich dazu Rat bei Anna, die zumindest beruflich eine Expertin auf diesem Gebiet zu sein schien.

Dabei machten auch Anna bestimmte Situationen zu schaffen. Sie suchte dann nach einem Rettungsanker, der das Gespräch zu einem guten Ende führen konnte. Einen

Rat geben konnte Anna Sandra daher nicht. Aber wahrscheinlich war das auch gar nicht so wichtig. Denn während sie miteinander redeten, entfalteten sich wie von selbst Möglichkeiten, wie Sandra mit ihrer anstrengenden Verwandtschaft umgehen konnte.

Sandra und Anna spürten dann, dass es einfach war, Nein zu sagen und dass sie diese Hürde überspringen konnten, wenn ihnen bewusst wurde, dass sie es für sich taten. Irgendwann sagte Anna einen Satz, der alles zusammenfasste: *Wenn du dich gegen etwas entscheidest, dann entscheidest du dich immer auch für etwas.* Anna und Sandra schauten sich danach in die Augen, und ihnen wurde bewusst, was sie sich gegenseitig sagen wollten. Sandras Gedanken tauchten aus der Tiefe an die Oberfläche, wie neugeborene Delfine, um Luft zu holen: *Es stimmt. Ich kann selbst wählen, ob ich mich nicht doch lieber für mich entscheide. Einen Termin mit mir selbst zu machen, das ist eine gute Idee.*

Als Anna Sandra das nächste Mal eine Nachricht mit dem Handy schickte, schickte sie ihr ein Satellitenbild einer Insel, die von oben aussah wie ein Herz. Anna wollte ihr damit sagen, dass es keinen Grund gibt, nicht der Stimme des Herzens zu folgen. Etwas, das Sandra mit Kindern spielerisch gelang, während sie bei Erwachsenen noch etwas üben musste.

Denn mit Kindern fühlte sich Sandra frei. Da war das Diskutieren keine Last, sondern eine Freude. So wie mit

Sandras Jüngstem, der mal wieder schmollte und sich unter die Plane für den Gartentisch verzogen hatte. *Du verstehst mich nicht*, ertönte es unter dem Tisch. *Dann mal es auf*, entgegnete Sandra mit sanfter Stimme. Nach einiger Zeit streckte sich eine kleine Kinderhand nach oben und nahm Papier und Bleistift in Empfang. Er hatte Großes vor, und seine Mutter verstand ihn nicht. Da half nur eins: Zeichnen. Wenn Worte nicht mehr ausreichten, dann schaffte es vielleicht das Bild. Immer noch war ein leises und trotziges Weinen über das Missverständnis zu hören, das seine ganze Welt erfüllte. Nach einiger Zeit kam er hervor. Unter Tränen versuchte er zu erklären, was er gemalt hatte, einen Tisch aus Stelzen, daneben ein Gebilde, das fast so aussah wie die Umrisse eines Pinguins. Vanessa, die mit ihrem Sohn zu Besuch war, wendete ein: *So kippt doch alles um*, woraufhin Sandras Sohn wieder zu weinen anfing.

Sandras Frage zu der Pinguin-Zeichnung riss ihn schließlich aus seinem Weinen heraus: *Was meinst Du, haben Pinguine Knie?* Er schaute sie verwundert an und antwortete ziemlich schnell: *Nein, die Beine sind zu kurz. Da passen keine Knie mehr rein.* Jetzt meldete sich auch Vanessas Sohn zu Wort: *Also, ich glaube, die haben welche, aber weil es bei denen so kalt ist, sind die Knie eingefroren.* Sandras Sohn war entrüstet, aber wenigstens hatte er seine Konstruktionszeichnung vergessen. Sandra versprach, gleich mal im Internet nachzuschauen und nickte freudig mit dem Kopf, während sie eine diplomatische Antwort aus ihrem Handy heraus formulierte: *Also, die haben zwar Knie, aber wegen der kurzen Beine können sie die Knie nicht so gut bewegen.*

Alle waren erleichtert. Kein weiterer Streit, keine weiteren Tränen. Man musste es ja nicht zusätzlich verkomplizieren, wenn man auch mit dem Herzen sprechen konnte.

Potenzial

Da sich Sandra mit Anna immer mehr verbunden fühlte, lud sie Anna schließlich auf einer ihrer Familienfeiern ein, auf der auch Freunde und Bekannte willkommen waren. Es war eines dieser Feste, auf denen die Sitzordnung bestimmte, dass sich Menschen gegenübersaßen, die sich im normalen Leben nie begegnen würden.

Das Sommerfest fand auf dem Bauernhof von Sandras Großeltern statt, zwischen Obstbäumen, Magnolien und Gewächshäusern. Es war das jährliche Sommerfest ihrer Tante, die ihren Geburtstag jedes Jahr vom Winter in den Sommer verlegte.

Dort traf Anna auf Gunnar. Gunnar war Annas erste Begegnung mit einem Menschen, der ihr so fremd war, dass sie ihn fast in eine andere Spezies eingeordnet hätte. Er arbeitete als Manager bei einer großen Automobilfirma und wickelte ganze Abteilungen ab, indem er rationalisierte und kontrollierte.

Als Anna ihr Platzkärtchen gefunden hatte, saß Gunnar schon an seinem Platz und stand auf, um sich vorzustellen, nicht um sie zu begrüßen. Er war ein mittelgroßer Mann und trug einen dunkelgrauen Anzug mit Weste und einer gelben Fliege. Anna bemerkte, dass er nicht nur im Stehen, sondern auch im Sitzen immer eine Hand in der Hosentasche hatte. Sie kannte niemanden, der so dasaß oder so sprach wie er. Seine Wortakrobatik war bewundernswert und gleichzeitig befremdlich, da Anna schnell merkte, dass er eigentlich nur mit sich selbst sprach und nicht mit ihr. Wenn er beide Hände aus den Hosentaschen nahm und die Worte mit seinen Händen unterstrich, hatte Anna das Gefühl, als hinge sein Kopf steif an einem unsichtbaren Faden irgendwo über den Gästen. Wie bei einer Marionette, die in einem Puppentheater Hände und Füße durcheinander katapultierte.

In seinem Blick erkannte sie schnell seine Arroganz, aber auch seine Verantwortung für Dinge, die jenseits ihrer Vorstellungskraft lagen. Von Sandra erfuhr sie später, dass seine Eltern auch einen Bauernhof hatten. Was Anna erstaunte, da er ihr nur erzählte, wohin er noch gehen wollte und nicht woher er gekommen war. Inzwischen schien er Teil eines Systems geworden zu sein, in dem alles Rückständige und Primitive verachtet wurde. Vor allem verachtete er die Arbeiter und, so wie er es nannte, die einfachen Angestellten. Freimütig und ohne Scham berichtete er von seinen Abwicklungen, die die Vernichtung ganzer Existenzen zur Folge hatten. Entscheidungen, die so einfach zu verarbeiten waren, weil sie nicht ihn betrafen. Anna fragte sich, was ihn antrieb und was schiefgelaufen war. Und vor allem fragte sie sich, wie er es bis an die Spitze geschafft hatte.

Wenn Gunnar redete, mangelte es ihm nicht an Fachkompetenz, die man in Seminaren vermittelt bekam und die er perfekt vorspielte. Es mangelte ihm an Einfühlungsvermögen. Anna war sich sicher: Wenn man für ihn arbeitete, konnte man sich darauf verlassen, dass die eigenen Bedürfnisse auf keinen Fall ernst genommen wurden. Nichts haftete ihm an, nichts hinterließ Spuren. Es waren immer die anderen, die gehen mussten. Jeder, der in seinen Augen zu wenig verdiente, hatte es auch nicht besser verdient. Anna kam es vor, wie wenn die normale Evolution in ihm einen Sprung gemacht hatte. Ein unentbehrlicher Mann mit Händen in den Taschen, der sich selbst gerne reden hörte. Sie hatte den Verdacht, dass er vielleicht alles heimlich aufnahm, um es später zuhause wieder anhören zu können. Vielleicht steckte ja ein Aufnahmegerät in einer seiner Hosentaschen, und mit seinen Fingern bediente er heimlich die Start - oder Pause-Taste, und übersprang so die Passagen, die ihm nicht gefielen.

Gunnar kam Anna auch ein bisschen vor wie ein Missionar. Denn eigentlich, so versicherte er ihr: *Es geht mir nur um die Ausrichtung des Unternehmens auf übergeordnete Ziele.* Für Gunnar war die Welt ganz einfach. Sie teilte sich in die, die überholen, und die, die überholt werden. Anna ahnte, dass in seinen Kreisen Profitsucht und Ellenbogenmentalität keine Makel waren, sondern eine schlichte Notwendigkeit. Er war ein Aufsteiger ohne Moralvorstellungen, da er für nichts haftete, obwohl er mit Millionen jonglierte.

Als sie sich verabschiedeten, gab er ihr die Hand aus seiner Hosentasche. Anna schaute ihm noch lange nach, wie er zum Parkplatz ging. Sie strich sich mit ihrer Hand, die seine geschüttelt hatte, die Sonne aus ihrem Gesicht.

Dabei spürte Anna, dass seine Hand irgendwie anders roch. Sie kannte den Geruch. Ihr fiel nicht gleich ein, was es war. Später erkannte sie: Es war der metallische Geruch von kleinen Münzen.

Ein Jahr nach dem Fest erfuhr Anna von Sandra, dass er entlassen worden war. Gunnar hatte es tatsächlich geschafft, in Ungnade zu fallen und mit erlaubten Mitteln Bilanzen zu schönen, die ihm zugeordnet werden mussten, damit seine Vorgesetzten aus dem Vorstand fein raus waren. Er arbeitete nun wieder als freier Unternehmensberater.

Anna traf ihn nun zweimal im Jahr. Einmal auf dem Sommerfest und davor im Frühjahr in Sandras Küche, wenn er ihr gegen Bezahlung bei der Steuererklärung half. Sein Absturz hatte ihn nicht verändert. Selbstgefällig und gönnerhaft gab er ihr die rechte Hand, die sonst immer in seiner Hosentasche steckte. Er war Linkshänder und stand vornübergebeugt am Küchentisch, um aus einer Papierflut die richtigen Zahlen zu suchen. Anna musste sofort an ihrer Hand riechen. Er hatte sich wirklich nicht verändert. Annas Hand roch jetzt auch nach Geld.

Im Gegensatz zu Gunnar war Sandras Mann ein Mann mit Potenzial. So fand es jedenfalls Anna, die ihn fast jedes Wochenende mit seinen Kindern auf dem Wochenmarkt traf. Sandras Mann, der sich neben seinem Ingenieurberuf zum Hobbykoch berufen fühlte, versuchte auch seinen Kindern, diese Leidenschaft näher zu bringen. Und tatsächlich konnten sie Anna schon fast ebenso stolz wie ihr Vater ein komplettes Menü aufzählen: Gurkencarpaccio, Spinatnudeln am Spieß und Schokoladenfondue. Anna schmolz dahin bei so vielen Wohlfühlgerichten und wünschte sich auch so einen Mann. Spät am Abend sah sie Sandra dann in der Küche, wie sie das Chaos aufräumen musste. Wenn Anna sie am nächsten Morgen traf und fragte *Was gab es denn?* konnte Sandra die Frage irgendwie nie richtig beantworten. Es war wohl dann doch nicht so zum Dahinschmelzen, wenn man nur einen Hobbykoch, aber keinen Gebäudereiniger zum Mann hatte.

Anna, die bedauerlicherweise keinen Koch zum Mann hatte, traf Sandras Mann nur auf dem Wochenmarkt. Vanessa und Sandra hingegen traf sie beim Einkaufen so gut wie nie. Sandra fand es so praktisch, auf dem Nachhauseweg von der Arbeit beim Discounter einkaufen zu gehen. Vanessa liebte die Auswahl bei Kaufland und die Nebensache, dass sie beim Durchschlängeln durch die endlosen Gänge bereits das Tagespensum an Schritten erledigen konnte. Und Anna kam eigentlich nie wirklich auf die Idee, woanders als beim Bioladen einkaufen zu gehen. Ökologische Korrektheit vorleben, das war das Wichtigste für sie, auch wenn es bedeutete, dass sie die vielen Kisten mit den Glasflaschen allein aus ihrem Auto manövrieren musste. Vanessa und Sandra belächelten sie manchmal. Meistens aber beneideten sie Anna um ihre fröhliche Sturheit, mit der sie die Welt zu verbessern schien. Doch sie sagten es ihr nie.

Dabei faszinierte Anna an dem Bioladen nicht nur das saisonale Bio-Sortiment, sondern auch die neue Brottheke. Dort integriert war ein wahres Wunderwerk der Technik. Eine unscheinbare Glasplatte, die die Verkäuferin anhob, wenn man ein geschnittenes oder ein halbes Brot haben wollte. Was sich danach offenbarte, ließ Anna, die Krimis liebte, schaudern und staunen zugleich.

Eine Greifzange klemmte sich in das Brot, das auf einer fast unsichtbaren dunklen Ablage lag. Die Glasplatte klappte wieder zu. Irgendwo musste die Verkäuferin einen Knopf gedrückt haben. Denn nun schwenkte das Brot gefangen von der Greifzange in die Mitte und wurde mit einem scharfen Schneidegeräusch von oben herab durchgeschnitten. Was Anna schauderte, war die Kombination aus High-Tech und diesem Geräusch, das entstand, wenn das Brot wie Fleisch filetiert wurde. Anna zuckte reflexhaft zusammen und fragte die Verkäuferin, ob das Brot auch weiterhin per Hand geschnitten werden durfte. Der Chef, der neben ihr stand, erwiderte trocken: *Bestimmt, aber wenn dann der Finger ab ist, zahlt die Versicherung nicht mehr.* Wahnsinn, dachte Anna: Das würde ja bedeuten, dass die Versicherung nur zahlt, wenn diese Maschine benutzt wurde, die einem auch gleich die ganze Hand abtrennen konnte. Aus Neugier fragte sie den Chef, ob die Kunden nun öfter ein halbes Brot kaufen würden, nur um zu sehen, wie das Brot mit einem automatisierten Fallbeil in Bruchteilen von Sekunden durchgeschnitten wurde. Was für ein Genuss!

Einmal nahm Anna Sandra mit in den Bioladen, um ihr dieses Brotmonster zu zeigen. Sandra war davon weniger beeindruckt. Die verschiedenen Getreidesorten faszinierten sie viel mehr. Sie nahm sich vor, das nächste Mal allein hinzugehen, um alles in Ruhe anschauen zu können. Denn Anna wurde hier zur Simultandolmetscherin, die ihr die Inhaltsstoffe auf den Verpackungen ins Deutsche übersetzte. Sandra faszinierten auch die vielen Gewürze und Kräuter, von denen sie reichlich einkaufte. Die Ernüchterung stellte sich nicht an der Kasse ein, sondern zuhause.

Mit den Gewürzen wollte Sandra ihrem Mann eigentlich eine Freude machen. Sie liebte ihren Mann, der so wunderbar kochen konnte. Dafür, dass er abfällig das Gesicht verzog, als sie ihm die dreimal so teuren Biogewürze mitbrachte, liebte sie ihn nicht. Ihr Mann, der genauso wie sie in schwäbischer Sparsamkeit aufgewachsen war, konnte im Gegensatz zu ihr diese Angewohnheit auch dann nicht abschütteln, als sie es sich eigentlich leisten konnten.

Das ist eine spezielle Chili-Gewürzmischung mit hohem ORAC-Wert und zusätzlichen Pflanzenstoffen, die Krebs angreifen können, verkündete Sandra stolz. Sandras Mann schaute sie angriffslustig an: *Damit greifen sie nur deinen Geldbeutel an. Und meinen.* Wie jedes Mal reagierte Sandra mit einem leisen Seufzen. Sie verstand nicht, warum er sich so aufregen musste. Aber sie vermied es, mit ihm darüber zu diskutieren. Sie mochte keinen Streit. Den gab es in ihrer Familie ja schon genug. Sie hatte beschlossen, auch bei ihrem Mann nur das Positive zu sehen, was ihr nur dann schwerfiel, wenn er Probleme sah, wo keine waren. Mit Vanessa und Anna sprach sie nicht darüber. Es stand ja nur die Gewürzmischung zwischen ihr und ihrem Mann.

Den nächsten Anlauf unternahm Sandra am nächsten Tag. Ihr Mann hörte sie schon von weitem. Das Zuschlagen der Autotüren, das helle Rufen, als Sandra die Haustür aufschloss. *Hilfst du mir bitte beim Ausladen?* Auf einmal spürte er eine bleierne Müdigkeit in seinen Beinen und half ihr dann doch, fünf Getränkekisten mit Glasflaschen in den Keller zu tragen. In jeder Kiste waren verschiedene Wassersorten. *Wasserverkostung*, sagte Sandra im Vorbeigehen und lächelte ihn aufmunternd an.

Was willst du denn damit? fragte ihr Mann über sie hinweg. *In Plastikflaschen schwimmen Plastik und Giftstoffe rum*, erwiderte Sandra nun auch an ihm vorbei. *Und woher weißt du das?* wollte ihr Mann genauer wissen. Sandra versuchte es erneut mit einem Lächeln: *Von Anna. Sie ist ein echter Influencer.* Daraufhin antwortete ihr Mann betont schwäbisch: *Frühr war des no oi Gribb (Früher war das noch eine Grippe).* Und Sandra, die sich inzwischen gegenüber Spott immunisiert hatte, sagte lieber gar nichts. Sie strich ihm als Versöhnungsgeste mit ihrer Hand am Arm entlang, aber er knurrte nur zurück, während er eine Getränkekiste in Richtung Haustür trug.

Das Glasflaschen probieren machte dann aber doch richtig Spaß mit ihm. Endlich machten sie mal wieder etwas gemeinsam, und wenn es nur eine Wasserverkostung war. Auch ihr Mann hatte Freude daran, obwohl er sich anfangs etwas albern vorkam. Ein Schwabe, der nicht Wein, sondern Wasser verkostete. Mit lauter bunten Notizzetteln auf dem Küchentisch, deren Inhalt er schließlich begeistert in eine Excel-Tabelle eintrug. Nur wenige schafften es bis ins Finale. Aber zum Schluss stand bei ihr auf dem Zettel und bei ihm in der Tabelle der Favorit des Abends. Das Wasser aus dieser Glasflasche schmeckte weich, mit einem leichten Nachgeschmack aus klarem Bergkristall. Es schmeckte klar, aber auch unaufdringlich, so wie Sandras Mann, der Sandra an diesem Abend nur ins Bett brachte, aber nichts weiter von ihr wollte. Sandra sah ihn im Halbdunkeln durch ihre Tränen hindurch an. In der Nacht wachte Sandra auf und konnte nicht mehr einschlafen. Sie ging runter in die Küche und achtete sehr darauf, dass der Parkettboden nicht knarrte. Als sie die Tranquilizer mit einem Glas Wasser herunterschluckte, vermittelte ihr wenigstens das Klirren der Eiswürfel einen symbolischen Eindruck von Erotik und Liebe.

Die Handballkatze

Da Sandra von den Beruhigungstabletten den nächsten Tag total durchhing, begann sie, wenn sie wieder einmal nicht schlafen konnte, einfach wach zu bleiben. Auch am Wochenende stand sie dann schon frühmorgens am Badfenster und blickte auf die Straße. Wie jeden Samstag fuhr Anna zum Wochenmarkt und sah Sandra wie ihre eigene Katze am Badfenster sitzen. Mit einer Hand winkte sie ihr zu.

An einem dieser Vormittage, als Anna Sandra am Badfenster sah, traf Anna wenig später eine richtige Katze auf dem Parkplatz beim Wochenmarkt. Sie hatte sie schon öfter dort gesehen. Ihr jüngster Sohn hatte sie die *Handballkatze* getauft, weil er in der Sporthalle nebenan Handballtraining hatte.

Heute lief sie ihr fast vors Auto. Anna bremste und ließ sie trippelnd passieren. Anna hatte immer gedacht, dass es ein Weibchen sei. Es musste jedoch ein Kater sein. Denn als sie eingeparkt hatte und zum Heck ihres Autos ging, schaute sie besorgt nach der Katze, die mitten auf der Straße lief. Sie sah, wie die süße Katze ein paar Autos weiter plötzlich einen Buckel machte. Die Katze, die plötzlich zum Kater geworden war, verspritzte ihre Duftmarken direkt an einen der hinteren Reifen und die Karosserie eines SUV's. Besitzanspruch, Reviermarkierung. Anna musste plötzlich lachen. Sie taumelte und setzte sich in den Kofferraum ihres Autos und beobachtete das Geschehen, das so witzig und gleichzeitig so bezeichnend war für die Welt, in der Anna lebte. In denen kaum einer auf die Idee kam, ein Auto nach Kriterien des Klimaschutzes oder der Bescheidenheit auszuwählen. Auch der Kater demonstrierte auf dem Parkplatz, dass er ein Anrecht darauf hatte, sich als der Stärkere zu fühlen. Er lief allein auf dem Parkplatz herum, in seinem Revier, das er unbedingt verteidigen musste, indem er den großen Autos seinen Hintern zeigte und in anmutiger Pinkeltechnik seinen Duft versprühte.

Kurz darauf kam Vanessa vorbei. Auf dem Fahrrad und vom Brötchen holen. Vanessa hatte beschlossen, mit ihrem SUV nicht mehr Brötchen zu holen, wenn sie nichts anderes mehr Einkaufen musste, sondern aufs Fahrrad umzusteigen. Der Grund war einfach: Einparken war trotz Einparkhilfe nicht ihre Stärke. Und da sie sich nicht auch noch damit stressen wollte, jedes Wochenende verdächtig nah an der Karawane der anderen parkenden SUV's vorbei zu schrammen, stieg sie eben aufs Fahrrad um.

Anna erzählte sie als erste davon, auch ein wenig stolz, da der Grund für Anna ökologisch gesehen nachvollziehbar sein musste und der Effekt ziemlich vorzeigbar war. Vanessa auf dem Fahrrad, mindestens genauso attraktiv wie in ihrem Panzerwagen. Denn sie war auch dafür voll ausgerüstet. Während Anna noch nicht einmal eine Radlerhose hatte und immer noch mit ihrer Jeans inklusive Metallklammer umherfuhr, trug Vanessa die Vollausstattung: personalisierte Fahrradbekleidung in High-Premium-Kunststoff-Qualität mit integrierter Windelhose. Und das, obwohl sie nur zum Bäcker fuhr.

Du hast was verpasst, sagte Anna und deutete auf den Kater, der nun auf Vanessas Fahrrad zuging. Vanessa trippelte dem Kater auf ihren Fahrradschuhen entgegen, während er sich gegen ihr neues Fahrrad lehnte und es zu Fall brachte. Vanessa, die außer sich war, wollte nun nicht mehr wissen, was sie verpasst hatte und schaute diesem Tier, wie sie es nannte, wütend hinterher.

Vanessa

Vanessa wusste, dass sie wegen des Drecks nie ein Haustier haben würde, und ein weiteres Kind würde sie auch nicht bekommen. Das war aber nicht nur wegen der Unordnung oder der erneuten Strapazen einer sehr wahrscheinlichen Hormonbehandlung. Auch die Schmerzen der Geburt waren noch erträglich gewesen, verglichen mit dem, was danach kam. Die schlaflosen Nächte, die Fremdbestimmung durch ein kleines Kind, das noch nicht einmal etwas dafür konnte, dass es Tag und Nacht schrie.

Inzwischen konnte sie auch keine Klinik mehr sehen, seitdem ihr Vater kurz nach der Geburt ihres Sohnes dort verstorben war. Zu ihrem Vater hatte sie immer ein besonderes Verhältnis gehabt. Zu ihrer Mutter nicht. Denn genau genommen war ihre Mutter so wie sie. Etwas unnahbar, chronisch überlastet und nur nach außen hin fast immer freundlich.

Als Vanessa das erste Mal ihren Sohn im Arm hielt, verspürte sie keine Freude, eher eine leichte Verwunderung. Und dann kam der Gedanke, vor dem sie sich am meisten fürchtete: sie konnte sich nicht vorstellen, dass dieses Kind von nun an immer bei ihr war. Immer an ihrer Seite. Dieser Gedanke war fast ein wenig gespenstisch für einen kurzen, aber dennoch wachen Moment. Sie vergaß diesen Gedanken, schüttelte ihn ab, so wie ihr bisheriges Leben, das geprägt war von leichten Beziehungen, bis sie ihren Mann traf. Mit ihm war es einfach. Schließlich traute sie sich zu, bei ihm zu bleiben, denn er wollte nur sie, und schließlich wollten sie auch ein Kind.

Im neuen Zuhause war es nicht anders. Ihr Mann machte es ihr leicht, ihn zu lieben. Sie durfte sich die teuren Möbel und Lampen aussuchen, die sie sich schon immer gewünscht hatte. Geld war genug da. Er hatte sich dank des mehr als nachvollziehbaren Gehalts bei Porsche ein stattliches Polster angespart. Und sie, deren Eltern es wichtig war, dass ihre Tochter gut abgesichert war, nahm die Sicherung an. Sie schnallte sich alles um wie einen Sicherheitsgurt. Sie fühlte sich nicht frei, aber sicher. Und manchmal, wenn Vanessa im Sandkasten mit den anderen Müttern saß, vergaß sie auch ihre Gedanken über ihren Sohn. Sie schüttelte dann buchstäblich ihre Gedanken genauso wie den Sand aus sich heraus und fühlte, dass sie angekommen war. Ja, es war ein Schritt nach vorne, und es war der richtige Schritt. Sie begann ihr Kind zu mögen, wenn sie es mit den anderen Kindern spielen sah. Auch dann noch, als sie merkte, dass es keine sich selbst aufgebende Mutterliebe, sondern eher Begeisterung war. Es war ein Gefühl, das sie aufrecht gehen ließ wie eine Wettkämpferin. Stolz trug sie die Medaille vor sich her und wartete auf das nächste Ereignis, den nächsten Abschnitt im Leben.

Vanessa wusste, dass sie diese Eigenschaft von ihrer Mutter vererbt, vielleicht auch nur erlernt bekommen hatte. Letztere Möglichkeit gab ihr Anlass zu hoffen, dass es mit der Zeit besser werden könnte. Dass es doch nicht so schlimm war, wenn sie das Gefühl hatte, dass sie froh war, ihren Sohn im Kindergarten abgeben zu können. Wie damals ihre Mutter, die Lehrerin war so wie sie und die erst wieder am Abend Zeit für ihre Kinder hatte.

Vanessa sah sich schon als Kind oft im Spiegel an. Vielleicht hielt sie deswegen ihren Kopf immer genau in Verlängerung der Wirbelsäule. Dadurch wirkte sie nicht nur aufrecht, sondern auch immer ein wenig unnahbar.

Obwohl sie als Kind ihr Spiegelbild genau überprüfte, spürte sie sich nicht immer. Erst als sie mit elf Jahren das Backen entdeckte, wurde es besser. Wenn ihre Eltern sie wieder einmal allein ließen, machte sie es sich zur Gewohnheit zu backen. Kekse, Kuchen, kleine Törtchen. Hauptsache, sie konnte etwas festhalten, in der Hand halten und schließlich etwas daraus formen. Plätzchen backen mochte sie am liebsten. Da konnte sie lange mit dem Teig arbeiten, ihn durchkneten, nur mit den Händen, bis er weich genug war und sie keinen Widerstand mehr in ihm spürte. Das war ihre Therapie gegen die Einsamkeit. Ihre Eltern merkten nichts davon. Wenn sie wieder nach Hause kamen, schlief Vanessa mit dem Teig unter den Nägeln friedlich in ihrem Bett, und auf dem Küchentisch lagen die leckersten Kekse.

Während des Studiums entdeckte Vanessa das Töpfern, das sie aber bald wieder aufgab, weil es zu viel

Dreck machte. Ein paar der Tonfiguren standen jetzt bei ihr im Büro. Es waren Figuren mit langgezogenen Beinen, die aussahen, als würden sie auf ihrem Schreibtisch Wurzeln schlagen. Die Figuren fielen auch deswegen auf, weil der Schreibtisch immer so schön aufgeräumt war, so wie ihr Haus, in dem alles seinen Platz hatte und nichts verrückt werden durfte. Es gab ihr Sicherheit und auch Geborgenheit. Wenn alles am selben Platz stand, brauchte sie keine Angst haben, verlassen zu werden.

Besonders schlimm mit ihrer Ordnungsliebe war es für Vanessa an Kindergeburtstagen, die sie anfangs noch zuhause feierte. Erst die Unberechenbarkeit, dann Partylaune, schließlich Langeweile und zu guter Letzt die Verwüstung in den Kinderzimmern, nachdem die Geburtstagsgäste wie auf einer Nobelpreisverleihung verabschiedet worden waren. Vanessa wollte ihrem einzigen Sohn alles bieten. Darum waren ihre Give-aways auch fast so teuer wie die Geschenke, die ihr Sohn von den Kindern bekam. Auch wenn Anna und Sandra das total übertrieben fanden, das war eben Vanessas Art, ihre Zuneigung zu zeigen.

Aber wenn der Lärm auf dem Kindergeburtstag stundenlang die Räume durchflutet hatte, fühlte sich Vanessa danach wie leer und taub. Schlimmer noch als an ihrer Schule. Da fiel es ihr leichter damit umzugehen. Schließlich war es nicht das eigene Zuhause, in dem es normalerweise stundenlang still sein konnte. Jeder Ton hatte bei

Vanessa seinen Platz, immer höflich, nie ausfallend, manchmal vielleicht zu nüchtern, aber vor allem nie richtig laut. Nur in der Schule konnte sie sich aufregen und laut werden. Aber selbst dort bewahrte sie sich ihren Pragmatismus, der ihre Schüler entwaffnete: *Das ziehst du jetzt voll durch? Oder gibt es auch noch eine andere Option?*

Bei Sandra und Anna schmolz Vanessas Widerstand dahin. Dort machte ihr die Unordnung nichts aus. Es war sogar ein wenig befreiend für Vanessa, die nun gelassen über die Berge von Fachzeitschriften auf Annas Schreibtisch hinweg gucken konnte, ohne dass ihr schwindelig wurde. Seitdem Sandra wieder zu malen begonnen hatte, türmten sich in einer Ecke des Wohnzimmers ihre Farben und Paletten notdürftig in durchsichtigen Kisten auf. Vanessa nahm sich vor, zumindest einmal in einem der Hotelzimmer damit anzufangen, auf einer ihrer zahlreichen Reisen, die sie unternahm, weil sie es so wie ihre Mutter auch nicht lange zu Hause aushielt.

Besonders gern war sie bei Sandra, die manchmal malte, wenn Vanessa sie besuchte. Und Vanessa, die nie wirklich entspannen konnte, entspannte sich. Alle Anspannung löste sich auf, denn sie konnte sich beim Anblick der malenden Sandra, die für Vanessa auch fast wie ein Kunstwerk aussah, ganz auf ihren Atem einstimmen und gelangte so in einen Zustand des Friedens und der inneren Ruhe. Sie atmete Ruhe ein und Anspannung aus.

Und während sie sich auf ihren Atem konzentrierte, atmete sie immer tiefer und ruhiger. Einmal saß Vanessa so versunken da, dass sie es gar nicht merkte, wie Sandra schließlich ein Bild von ihr malte. Die Skizze einer Frau, die Füße wie Wurzeln hatte und mit ihrem schmalen Schädel die Schale einer Walnuss zersprengte, um die Wolken zu berühren.

Als Vanessa das Bild sah, erschrak sie kurz und entspannte sich gleich darauf wieder. Sie wusste gar nicht, dass ihr Rücken so korrekt und gerade aussah. Trotzdem gefiel ihr das Bild. Denn sie fühlte sich irgendwie sicher, weil Sandra sie erkannt hatte.

Sicherheit und Geborgenheit, das waren genau die Gefühle, die Vanessa bei Sandra und Anna empfand, selbst wenn Krisen ihr Leben zu verändern versuchten.

Aber dass Katastrophen zu Veränderungen führen, ist ein Klischee. So war es auch bei Vanessa und ihrem Mann, der einen Beinahe-Herzinfarkt bekam. So nannte es zumindest Vanessa, die dem Ganzen nicht zu viel Bedeutung schenken wollte. Einschließlich der Tatsache, dass ihr Mann nun zwei Schienen in den Herzkranzarterien sitzen hatte. Das war doch eigentlich ganz normal, dachte auch Sandra. *Nicht so schlimm wie Krebs*, meinte Vanessa. Aber Vanessa machte sich doch ihre Gedanken. Irgendwie lastete das Gebirge nun auch auf ihrem Herzen. Sonst hätte Vanessa nicht mit Anna darüber gesprochen. Die Sorgen, die sie sich machte, krabbelten zwar langsam, aber doch unaufhaltsam in ihr Leben und ließen sie nachdenklich werden, obwohl sie hartnäckig das Gegenteil behauptete.

Zu Anna sagte sie einen Satz, der Anna ebenso nachdenklich stimmte: *Mein Mann versteht nicht, dass wir auch mit weniger auskommen können.* Anna wusste, was Vanessa meinte. Sie konnte mitfühlen. Aber es half nichts. Auch wenn Vanessas Mann anstatt gefühlten sechzehn Stunden nur noch zehn Stunden am Tag arbeitete, änderte sich für Vanessa trotzdem nicht viel. Denn irgendwann sagte sie zu Anna mit der gleichen unterdrückten Trauer: *Richtig präsent ist er nur in der Firma.* Anna, die sonst nicht fror, fühlte Kälte in sich hochsteigen, ähnlich wie die Sorgen, die sich Vanessa machte. Es war ein Hauch von Zweifel bei Vanessa, der nicht lange anhielt, da ihr Mann äußerlich unversehrt war und sich so wie Vanessa nichts anmerken ließ. Eine Episode ohne Konsequenzen. Wie ein Buch, das man nach dem Lesen wieder zuklappen konnte. Anna kannte viele Menschen, die auf diese Weise einfach weiterleben konnten.

Ähnlich war es auch bei Nadine gewesen, von der Anna Vanessa nun oft erzählte. Wie Vanessa hatte Nadine ihr ganzes Leben schon mit Mitte Zwanzig vorausgeplant. Vor ihrem dreißigsten Geburtstag wollte Nadine zwei Kinder haben, natürlich einen Mann dazu, einen Doktortitel und ihre Facharztausbildung abschließen. Das was bei anderen mehrere Jahrzehnte in Anspruch nehmen konnte, plante sie innerhalb von fünf Jahren und geriet dadurch mächtig unter Druck. Vielleicht, um am Ziel weiter festzuhalten, erzählte Nadine damals Anna so oft davon. Das mit den Kindern warf sie dann völlig aus der Bahn, weil sie mit so viel Aufwand nicht gerechnet hatte. Mit Ende Zwanzig hatte sie daher einen Mann, zwei Kinder, den Doktortitel, aber den Facharzt hatte sie noch nicht. An ihrem dreißigsten Geburtstag lud sie Anna ein, zu einem großen Fest, das so vorausgeplant war wie ihr ganzes Leben.

Zum Fest kam es nicht mehr. Anna las von ihrem Unfall in der Zeitung. Wie die anderen von der Station traute sie sich zuerst nicht, sich danach bei ihr zu melden. Es war vor allem die Kapitulation am Krankenbett, die Anna und die anderen davor abhielt, sie zu besuchen. Die Sprachlosigkeit, wenn man nicht weiß, was man am besten sagen kann. Wenn man feige wird und anfängt, über anstatt miteinander zu reden.

Anna wusste nur, dass Nadine auf einer geraden Straße plötzlich die Kontrolle über ihr Auto verloren hatte. Eine gerade Straße bietet Raum für Spekulationen. Mutmaßungen, die einem nicht weiterhalfen, das Geschehene zu verstehen, weil es bei Nadine immer nur geradeaus gegangen war.

Als Anna schließlich doch bei ihr anrief, war sie total erleichtert, ihre Stimme zu hören. Nadine hatte ihr Bein verloren, aber nicht ihre Stimme. Zum ersten Mal war Anna froh, dass sie auch ihren Willen, alles komplett durchzuplanen, nicht verloren hatte. Denn schon bald wagte Nadine den ersten Schritt in dem Schuh dieser neuen Prothese, in dem es noch eine Weile weh tun würde. Am Telefon fühlte sich ihre Landung weicher an. Anna und Nadine telefonierten deswegen noch oft miteinander. Nur während des Autofahrens nahm Anna ihren Anruf nie an, vielleicht, weil Nadine ihr erzählt hatte, wieso sie die Kontrolle über das Auto auf gerader Strecke verloren hatte.

Irgendwann zog Nadine mit ihrem Mann und den Kindern fort. Sie telefonierten nicht mehr, sondern sie fingen an, sich zu schreiben. Nach einigen Jahren hörte Anna gar nichts mehr von ihr. Wahrscheinlich gab es keinen Anlass, zumindest keinen, über den man schreiben musste.

Menschen verschwinden doch nicht so einfach, erwiderte Vanessa, als Anna ihr davon erzählte.
Doch, manchmal tun sie genau das.
Hast du sie nicht im Internet gefunden?
Nein, sie ist wie verschluckt.
Du musst sie halt immer wieder suchen.
Hab ich versucht.
Dann versuch es einfach noch einmal.
Anna erwiderte nichts mehr, weil sie wusste, dass es nicht für sie, sondern nur für Vanessa wichtig war zu streiten, vor allem wenn sie sich im Recht fühlte. Auch Vanessa sagte nichts mehr, weil sie erkannte, dass Anna

wenig Angriffsfläche für alltägliche Streitthemen bot. Ganz im Gegensatz zu Vanessas Mann, der oft eine etwas andere Vorstellung von Vanessas Leben hatte, die er sie aber nur dann spüren ließ, wenn sie allein waren. Und obwohl es schon nach kurzer Zeit nicht mehr um die Sache ging, diskutierten sie weiter, meistens über sichere Passwörter, aber auch über Hygieneregeln und Einkaufslisten. Vanessa hatte dann das Gefühl, dass sie genauso oft mit ihm stritt, wie sie ihn liebte. Es war ein bisschen so, als ob der Streit zwischen ihr und ihrem Mann Spannung aber auch Wärme erzeugte. Auf diese Weise kamen sie immer wieder zueinander. Auf diese Weise waren sie sich weniger fremd.

Immer ähnlicher wurde es mit der Zeit auch zwischen Vanessa und Sandra, die sich, je länger sie sich kannten, über Dinge stritten, über die sich sonst nur Ehepaare stritten. Im Gegensatz zum Streit zwischen Ehepaaren hielt ihr Nachbarinnenstreit jedoch nie lange an. Zu schnell verschwanden alle Zweifel, Bedenken und Einwände, so dass es albern wurde, weiter zu diskutieren.

Mit Vanessas Mann war das anders. Er stritt von Prinzip aus gerne, auch wenn er in das Klischee eines Mannes passte, der alles hatte und sich über nichts zu ärgern brauchte. Aber es gab Gründe genug, die man nur finden musste. Wenn er aus dem Auto ausgestiegen war, ging er immer zuerst um den Wagen herum und untersuchte den

Lack nach Kratzern. Die Begrüßung von Vanessa folgte hinterher.

Während er mit seinem Leben zufrieden war, war es bei Vanessa komplizierter. Der Grund, warum Vanessa manchmal nicht einschlafen konnte, war simpel, aber sie merkte es nicht sofort: Sie hatte keine Träume mehr. Weil sie alles hatte, hatte sie keine Träume mehr. Und im Gegensatz zu ihrem Mann konnte sie nicht einfach traumlos einschlafen. Im Gegensatz zu ihrem Mann wollte sie manchmal ein ganz anderes Leben, aber nur eigentlich. Denn ihr war nicht ganz klar, was ihr genau fehlte und was diese Leere auslöste, die in ihr aufstieg, obwohl sie doch zufrieden sein konnte. Vanessa schaffte es nie, diese Frage zu beantworten. Sie schaffte es aber, sich weniger Gedanken darüber zu machen. Allein das half ihr schon ganz gut.

Wenn Vanessa nach der Arbeit in der Schule Ablenkung brauchte, ging sie mit ihrem Sohn auf den Spielplatz oder, als ihr Sohn älter wurde, gleich direkt zu Anna oder Sandra. Für Vanessa war der direkte Kontakt wichtig. Schließlich sah sie an ihren Schülern, dass man durch die neuen Medien zwar die ganze Welt für sich gewinnen, aber trotzdem keine Freunde haben konnte. Auch wenn Vanessa anfangs lange gebraucht hatte, bis sie auftaute, war es mit der Zeit eher so, dass sie den Kontakt zu den anderen suchte. Ohne Termindruck und im eigenen Ermessen. Da konnte es auch schon mal passieren, dass ihr die Tür nur einen Spaltbreit geöffnet wurde, wenn Sandra gerade aus der Dusche kam. Und Sandra, die das nicht verstand, weil man doch durchs Küchenfenster winken oder chatten konnte, ihr eine Abfuhr erteilte. Das Gute an Vanessa war, dass sie nicht nachtragend war. Nur bei ihrer eigenen Mutter gelang ihr das nicht so gut. Ein alleingelassenes Kind fühlte sich nun mal anders als eine gestandene Frau in den Mittvierzigern.

Je älter Vanessa wurde, desto weniger rollte der Schmerz hinter ihrer Stirn. Umso weniger musste man ihr helfen. Umso größer wurde ihre Gelassenheit, so dass sie zumindest innerlich nicht mehr mit dem Kopf schüttelte, wenn ihr Mann sein eigenes Auto inspizierte. Auch das Gewicht der Erinnerung an ihre Mutter wog nicht mehr so viel.

Wenn sie sich trotzdem schwer fühlte und keine der Nachbarinnen zuhause war, setzte sie sich manchmal in den Wäschekeller vor die Waschmaschine und schaute den Oberhemden ihres Mannes bei ihren Loopings zu. Das war mindestens genauso gut wie die Übungen im Yogakurs. Vanessa konnte sich dann vorstellen, während sie langsam die fertige Wäsche aus der Waschtrommel zog, dass sich ein roter Faden ruhig und stetig auch durch ihr Leben zog. Sie war dann mehr als eine undeutliche Silhouette, die im Keller vor der Waschmaschine saß.
Manchmal fragte sie ihren Mann, wovon er träumte, wohl wissend, dass er keine Antwort auf ihre Frage wusste. Er

fragte nie zurück. Und so brauchte Vanessa ihm auch nicht von ihrem Traum erzählen, der sich wiederholte, insbesondere wenn sie wieder vor der Waschmaschine gesessen hatte: Sie träumte, wie sie ans Meer kam, nicht mit einem Flugzeug, sondern wie sie durch einen Fluss gespült wurde und in leichten Wellen zusammen mit den Wäschestücken ihres Mannes an seiner Mündung ankam. Sie wohnte in einer Hütte am Meer. An seinen Rändern sah das Meer wie die abgenutzte Schale einer Muschel aus. Sie wusste nicht, ob noch jemand da war. Denn immer, wenn sie sich diese Frage stellte, wachte sie auf, weil braunes Duschwasser aus dem Duschkopf in der Hütte herausgeschossen kam.

Vielleicht begann sie deswegen mit dem Laufen, das ein bisschen wie ein Davonlaufen war, selbst in klirrender Kälte und im Sommer, wenn Anna und Sandra in backofengleicher Hitze lieber auf der Terrasse sitzen blieben. Vanessa warf sich, während sie lief, nach vorn. Sie dachte nichts. Sie fühlte nichts. Nur ihren Herzschlag nahm sie wahr. Und die Luft, die sie durch das Laufen verdrängte. Sie lief so lange, bis sie nicht mehr spürte, dass sie überhaupt lief. Erst dann wusste sie, dass es Zeit war umzudrehen. Manchmal machte sie erst zuhause wieder die Augen auf. Sie sah, wie sich ihre bunten Schnürsenkel wie von selbst lösten und setzte sich unter die Dusche wie ein erschöpftes Tier.

Seitdem sie das Laufen für sich entdeckt hatte, ging sie nicht mehr in den Wäschekeller, um die Wäsche zu beobachten. Sie träumte auch nicht mehr diesen Traum. Sie träumte wieder nichts mehr, so wie ihr Mann, der im Schlaf Ähnlichkeit mit einem angeleinten Hund hatte und nicht mit dem Manager in einem großen Unternehmen.

Nach den Wochenenden, wenn es zu schnell wieder Montag wurde, hätte sie am liebsten alle Schlüssel versteckt, die Hausschlüssel, die Garagenschlüssel, seine Autoschlüssel. Den Wecker und die Telefone auf stumm geschaltet. Den Moment anhalten, das Leben umschalten. Nur am Montagmorgen liebten sie sich, vorsichtig und still.

Annas Mutter

Vanessas Mann sah man nur in seinem SUV. Er sprach auch nur aus dem SUV heraus mit den Nachbarn. Da ging es wahrscheinlich Vanessa nicht besser, dachte Anna. Das Gefühl der Schadenfreude war unangenehm für Anna, aber schwer zu unterdrücken. Wenn sie solche Autos sah, kamen ihr als erstes nicht die schlechten Klimawerte in den Sinn, sondern die Sätze ihres Vaters: *Ich kaufe mir doch nicht so ein teures klobiges Auto, wenn ich mir für dasselbe Geld eine Einzimmerwohnung kaufen kann.* Anna musste unweigerlich lachen. Sie war sich nicht sicher, ob es überhaupt noch Einzimmerwohnungen für 100.000 Euro zu kaufen gab.

Vielleicht stand auch deswegen seit kurzem ein Tiny House im Garten ihrer Eltern in Hamburg, die immer fanden, es sei besser ein Dach über dem Kopf zu haben als vier Räder unter den Füßen. Wenn Annas Vater darin schlief, weil Annas Mutter sein Schnarchen nicht mehr aushalten konnte, hatte er das Gefühl, als bewohne er wieder den Garten seiner Kindheit, als das Leben noch in der Küche stattfand und er und seine fünf Geschwister kein Wohnzimmer kannten.

Als Annas Vater starb, blieb das Tiny House im Garten stehen und wurde an eine Studentin vermietet. Sie war Annas Mutter dafür so dankbar, dass sie ihr bei der Gartenarbeit half. Denn es war fast unmöglich geworden, überhaupt ein annehmbares Zimmer in der Nähe der

Fachhochschule zu finden, ohne Mondpreise zahlen zu müssen.

Ökologisch gesehen hatte Annas Mutter einen eher kleinen Fußabdruck. Das, worüber die Grünen stundenlang debattieren konnten, lebte sie ganz unbewusst, ohne es vorleben zu wollen. Sie verreiste nur mit der Bahn innerhalb Deutschlands und hatte noch nie eine Flugreise gemacht. Sie fuhr kein Auto und erledigte ihre Einkäufe zu Fuß. Ihr wichtigster Ort zum Einkaufen war der Wochenmarkt, wo sie sich seit dem Tod ihres Mannes alle zwei Wochen ein Filetstück als Sonntagsbraten kaufte.

Sie war eine der vielen Nachkriegskinder, die mit wenigem zufrieden waren und die in den ganzen Ökodebatten völlig untergingen. Eine aussterbende Art, ein Relikt aus einer Zeit, die man nur noch aus alten Fotoalben kannte. Manchmal war man dankbar, aber man beneidete sie nie.

Und doch hatte diese Zeit etwas, was der Welt in Salzbach fehlte. Annas Mutter merkte das besonders, wenn sie ihre Tochter besuchte. Es war nicht der Trubel der Großstadt, den sie in Salzbach vermisste. Nein, Annas Mutter fehlte es an Bescheidenheit. Sie konnte nicht verstehen, warum man Autos brauchte, mit denen im Sachsenwald, wo sie herkam, früher nur der Förster herumfuhr. Und warum man pro Haushalt mindestens zwei Stück davon brauchte. Wenigstens darüber stritt sie sich mit ihrer Tochter nie, die ansonsten Salzbach verteidigte, obwohl auch sie die Nordsee und die Direktheit der Hamburger vermisste, seitdem sie hier war.

Auch daran bestand kein Zweifel: Annas Mutter verstand die Salzbacher nicht. Sie nuschelten ihr zu viel. Deswegen kam sie auch nie auf die Idee, nach Salzbach zu ihrer Tochter zu ziehen. Deswegen kam sie nie richtig an, wenn sie Anna besuchte, sondern stand mit einem Bein immer noch halb in der norddeutschen Tiefebene. Den Finger tief in die Wunde bohrend, warum Anna eigentlich weggezogen war. Sie vermisste ihre Tochter, auch wenn sie es ihr nie sagte. Wie zum Trost war sie nur dann anstrengend, wenn sie nicht in Hamburg war.

Anna vermisste ihre Mutter auch, besonders seitdem sie durch den Tod ihres Vaters so traurig geworden war. Und da ihre Mutter kein Mittel gegen Traurigkeit einnehmen wollte, schickte Anna ihrer Mutter ein lustiges Buch, und zwar bevor Anna das Buch zu Ende gelesen hatte. Das war ein dummer Fehler, wie sich beim weiteren Lesen herausstellte, denn es wurden nicht nur die Großstädter aufs Korn genommen, sondern wenig später im Buch auch die, die auf dem Land lebten.

Ihre Mutter lebte zwar nicht auf dem Land, aber doch fast. Denn ihre Wurzeln kamen von dort, aus einem Stadtteil Hamburgs, das zu ihrer Kindheit noch ein Dorf gewesen war. Und auch wenn es nicht mehr offensichtlich war, ihre Mutter wohnte in einem ehemaligen Bauernhaus, welches einem Brand zum Opfer gefallen war.

Die Grundmauern blieben noch dieselben und prägten weiter. Für sie änderte sich auch nichts durch die Tatsache, dass sie nun nicht mehr in einem lächerlichen Dorf, sondern dank der Eingemeindung in einer Millionenstadt wohnte. Drumherum lebten keine Bauern mehr. Die Großstadt war näher gerückt, deren Mentalität an Annas Mutter aber nicht. Darum dachte Anna auch, es würde sie erfreuen. Dieses Buch, das sich am Anfang über die Großstädter amüsierte, aber dann auch über die Stadtgrenzen hinaus auf die Landbevölkerung losging.

Es stand in den Bestsellerlisten. Am Anfang fand Anna es auch lustig. Aber das Buch hörte nicht auf, lustig zu sein. Das war wahrscheinlich das eigentliche Problem. Dumm nur, dass ihre Mutter es schon zu lesen begonnen hatte und Anna sie nicht zurückhalten wollte. Denn es war ihr erstes Buch seit Jahren, wenn nicht gar seit Jahrzehnten. Und Anna war so froh, dass ihre Mutter endlich einmal wieder ein Buch zur Hand nahm, selbst dann, als sie erkannte, dass es eigentlich ein schlechtes Buch für ihre Mutter war.

Obwohl Anna sich vorgenommen hatte, mit ihr darüber zu sprechen, sich mit ihr über einzelne Passagen zu amüsieren, ließ sie es nun. Anna rief sie nicht an. Und da ihre Mutter auch nicht anrief, machte sich Anna keine Sorgen. Denn es war eine unausgesprochene Vereinbarung zwischen ihnen, dass die treusorgende Tochter anrufen musste, um in Kontakt zu bleiben. Trotzdem hielt es Anna nicht mehr lange aus. Sie hatte Recht, Anna zu verfluchen, dank dieser Lektüre, die ihr vielleicht den Schlaf raubte oder die sie noch viel Schlimmeres über Anna denken ließ. Wie kam sie nur dazu, ihr so etwas anzutun?

Als Anna schließlich bei ihr anrief, klang sie so wie immer. *Nein, mir geht es gut, auch wenn du Hunderte von Kilometern weit weg am anderen Ende der Welt wohnst und dich nicht um mich kümmern kannst. Mach dir keine Sorgen. Ich schaff das schon ganz gut.* Wie immer war es das *ganz gut*, das Anna Sorgen bereitete. Von daher hatte sich ihre Stimmung nicht verändert. Dennoch wagte Anna nicht, über das Buch zu sprechen. Sie hoffte insgeheim, dass es vielleicht noch unangetastet auf ihrem Nachttisch lag.

Als sie beim zweiten Telefonat immer noch vollkommen ausgeschlafen und unverändert klang, fragte Anna: *Hast du das Buch gelesen, das ich dir geschickt habe?* Die Stimme ihrer Mutter klang so trocken und herrlich norddeutsch wie immer: *Ach ja, das habe ich schon durch. Aber sag mal, auf welchem Planeten lebt die Dame denn?* Sie meinte damit die Bestsellerautorin, die das Buch geschrieben hatte und nicht Anna. Das war schon Erleichterung genug für Anna am anderen Ende der Leitung irgendwo in einer Kleinstadt in Süddeutschland, die für Annas Mutter nur am anderen Ende der Welt lag und nicht auf einem anderen Planeten.

Für Anna lag der andere Zipfel der Welt hingegen fast auf einem anderen Planeten. Denn die Immobiliensituation war in Hamburg bei Annas Mutter noch krasser als in Salzbach. Auf dem Nachbargrundstück wurde vor einigen Jahren ein überdimensionales Mehrfamilienhaus gebaut. Eine Bausünde, die nur durch Bestechung der Baubehörde zustande kam, wie sich später durch jahrelange Gerichtsverhandlungen herausstellte.

Was als Bauruine begann, weil der erste Bauträger in Insolvenz gegangen war, wurde nun über Jahre hinweg stückweise und stümperhaft fertig gestellt. Die Tiefgarage kam als letztes dran, bei der Einfahrt mangelte es an Geld, ein paar Betonplatten markierten notdürftig die Einfahrt und den Eingang. Durch den letzten Starkregen sanken die Stützpfeiler immer mehr in den Boden. Schimmel machte sich als erstes an den Holzbalkonen breit. Der Garten wurde erst gar nicht fertiggestellt und wucherte immer mehr zu den Nachbarn hinüber.

Hier wohnten daher auch keine normalen Mieter, wie Annas Mutter betonte, sondern nur *Idioten, Ausländer, Touristen oder Handwerker aus Osteuropa*. Auch Anna empfand eine unangenehme Diskrepanz zwischen dem Idyll in Salzbach und dem pulsierenden Leben in der Großstadt. Laute Musik, Betrunkene auf den Balkonen, die zu Silvester auch schon mal die Bierflaschen in den Garten von Annas Mutter fallen ließen. Die Polizei, die nur hundert Meter entfernt war, interessierte sich für solche Delikte schon längst nicht mehr.

Das ist eine Sauerei, schimpfte Annas Mutter und stellte sich den Betrunkenen, die Nachschub bei der Tankstelle geholt hatten, unerschrocken vor ihrem Haus und dann auch noch im Nachthemd in den Weg. Anna war froh, dass sie ihr nichts antaten, sondern unerwartet einsichtig reagierten. Auch wenn die Einsicht nicht lange anhielt und bei der nächsten Party wieder Zigarrenreste und Chipstüten auf dem Grundstück lagen.

Schließlich ermunterte Anna ihre Mutter zu einem anderen Weg, der nachhaltiger wirkte. Sie steckten die aufgeweichten Zigarrenstummel und den restlichen Müll direkt in den Briefkasten der Mieter.

Auf der anderen Nachbarseite wohnte in einem kleinen Doppelhaus auf achtzig Quadratmetern Wohnfläche ein Vater mit acht Kindern. Seine Frau war mit einem Syrer abgehauen und kam nur noch manchmal zu Besuch. Sie lebten von Kindergeld und Sozialhilfe. Arbeiten ging der Vater nie. Dafür hatte er ein Auto und ein Motorrad und die Zusage der Besitzer, die in der anderen Doppelhaushälfte wohnten, dass er dort wohnen bleiben könne. Schließlich kam das Wohngeld vom Amt ja immer pünktlich. Der Rest war egal.

Der Garten bestand nicht mehr aus Rasen, sondern nur noch aus Sand und heruntergekommenen Plastikmöbeln und Plastikspielzeugen. Im Wohnzimmer standen zwei Doppelstockbetten und im Flur wohnte die älteste Tochter. Und das auch nur, weil das Jugendamt auf einen

Rückzugsort bei der pubertierenden Jugendlichen bestand. Sonst würde sie immer noch gemeinsam mit den Geschwistern im Wohnzimmer schlafen. Im Sommer schliefen die Kinder im Zelt draußen im Garten. Die Hecke von Annas Mutter gab, außer im Sommer, den Blick auf die Hollywood-Schaukel frei, den absoluten Blickfang im Garten, da das Dach ein blauer Müllsack war, durch dessen Löcher es hindurch regnete. Darunter lag oft der Vater und redete mit seinen Kindern. Vielmehr ließ er sich bedienen, bis einer, der Pfiffigste seiner Söhne, ihm zurief: *Papa, du hast die Arbeit aber auch nicht erfunden.*

Nein, Anna konnte sich wirklich nicht vorstellen, dort zu wohnen, sondern nur dann, wenn man das Haus mit dem Grundstück abtrennen und irgendwo anders wiedereinsetzen würde. Von daher war Anna auch froh, dass die Studentin dort einzog, bei ihrer Mutter, die nur deswegen so verwurzelt blieb, weil sie ihren großen Garten hatte und das nächste Einkaufszentrum drei Gehminuten entfernt lag.

Manchmal dachte Anna darüber nach, dass ihre Mutter schon vor dem Tod ihres Vaters traurig gewesen war. Sie ahnte, dass dem mehr zugrunde liegen musste als ihr Naturell, das so wie Annas eigentlich ein Fröhliches war. Aber wenn sie an die Nachbarn und den Ärger mit ihnen dachte, an das Umfeld und an ihre dominante Oma, die ihrer Mutter jahrelang das Leben schwergemacht hatte, wäre Anna vermutlich auch melancholisch geworden.

Vielleicht war es ein Zeichen, dass Anna seit ihrem Auszug aus dem Haus ihrer Eltern sieben Mal innerhalb Deutschlands umgezogen war.

Nicht so wie Paula, Annas Schulfreundin, die immer in Hamburg wohnen geblieben war. Ihre Eltern wohnten eine Straße weiter in dem Wohngebiet, in dem es keine Mehrfamilienhäuser mehr gab. Wenn Anna in Hamburg war, klingelte sie dort, um mit ihrer Mutter, die Anna mehr mochte als ihre eigene Tochter, einen Plausch zu halten.

Die ganzen Jahre über sah Anna ihre Tochter nie. Aber Anna wusste durch Paulas Mutter genauestens über die *Drüse*, wie sie sie nannte, Bescheid. Abgeschlossenes Studium der Volkswirtschaft, keinen Mann, keine Kinder und jahrelang keinen Job. Auch dann nicht, als auf einmal Paula und nicht ihre Mutter die Tür aufmachte. Was Anna nicht gleich auffiel, war der zunehmend verwilderte Garten, das fehlende Klingelschild, der Putz, der von den Wänden bröckelte. *Meine Mutter ist nicht da. Sie ist einkaufen gegangen*, kam es wie schon damals in der Schule etwas verlangsamt aus dem Türspalt hervor. Anna hatte das Gefühl, als wenn Paula nicht selbst spräche, sondern als ob ihre Stimme irgendwo aus der Tiefe des Hauses herkam, wo sich in alter Tradition Zeitschriften und Joghurtbecher stapelten. Die Haustür wurde nur einen Spalt breit geöffnet. Ihre Mutter hatte sich nie für die Unordnung geschämt, ihre Tochter wohl hingegen schon. Annas jüngster Sohn, der hinter ihr stand, traute sich auch nicht hervor. Anna blieb wie angewurzelt stehen, und sie tauschten schließlich Statusberichte aus. Ihr Vater war nicht mehr so gut zu Fuß, ihrer Mutter ging es ganz gut. Paula wohnte jetzt hier, um beiden unter die Arme zu greifen. Anna kamen Zweifel, wer hier wem unter die Arme griff. Aber sie hielt sich zurück. Sie wollte sie nicht noch mehr erschrecken. Paula war schon genug beeindruckt von ihrer Erzählung über die Arbeit, ihren Mann und die Kinder. Das passte alles nicht in dieses kleine spitzwinklige Haus hinein, in dem die Tochter nun wieder bei ihren Eltern wohnte, so wie in Salzbach Herr Werner, der auch auf die Rente seiner Mutter angewiesen war.

Paula sprach entsetzlich leise: *Du kannst gerne später noch einmal wiederkommen. Vielleicht ist meine Mutter dann wieder da.* Aber als Anna am Nachmittag wieder vorbeikam und klingelte, um Paulas Mutter zu besuchen, öffnete niemand. Die Rollläden waren heruntergezogen. Das ganze Haus wirkte auf einmal wie eine Festung. Der Burggraben war der Rosenbusch, der in alle Richtungen wucherte und sich wie ein feindseliger Ring um das ganze Haus zog. Anna beschloss, zumindest in diesem Jahr nicht mehr wiederzukommen.

Das Tiny House

Das Tiny House, das bei Annas Eltern im Garten stand, war etwas ganz Außergewöhnliches. Von außen hatte es den Charme eines schlichten hölzernen Bauwagens. Von innen hatte man das Gefühl, als bräuchte man gar nicht mehr Platz, da alles so durchdacht war und ein Gefühl des Mangels erst gar nicht aufkam. Das Wohnzimmer vermittelte einem das Gefühl einer 3-Zimmer-Wohnung. Die Sofaecke, die mit wenigen Handgriffen in ein bequemes Doppelbett verwandelt werden konnte, hatte Annas Vater selbst gebaut. Für Anna, falls sie doch wieder zuhause einziehen wollte, was natürlich Unsinn war. Ein Traum für Väter, der darin endete, dass er selbst dort schlief, auch dann noch, als er immer kränker wurde.

In der Mitte des Tiny House, dort wo der Eingang war, stand ein kleiner Schreibtisch, dahinter abgetrennt die Toilette, rechts die Küche mit Essecke und auf der gegenüberliegenden Seite die Sofaecke, über der sich ein zusätzliches Bett unter dem Dach befand.

Wenn Anna mit den Kindern zu Besuch war, schliefen die Kinder im Tiny House oben unter dem Dach, und Anna schlief mit ihrem Mann auf der Couch. Ihr Vater zog wieder ins Haus und stellte sich jedes Mal vor, dass es schon immer so gewesen war. Anna im Bauwagen. Der Apfelbaum gleich nebenan. Anna, friedlich auf der Treppe sitzend, wie in Kindertagen, als er noch dachte, die Zeit würde sich dehnen und irgendwann stehen bleiben. Nicht so wie ein Gummi, das irgendwann reißt, wenn man zu lange daran zieht.

Eigentlich war Sofia, der Studentin, die nun bei Annas Mutter im Tiny House wohnte, bewusst gewesen, dass die Wohnungssuche schwierig werden würde. Aber dass es dann so schwer wurde, hatte sie nicht gedacht. Noch besser wäre es wohl gewesen, sie hätte sich schon eine Wohnung gesucht, bevor sie überhaupt einen Studienplatz erhalten hatte. Oder wenn ihre Eltern auf gut Glück eine Wohnung in irgendeiner Universitätsstadt gekauft hätten, sobald Sofia auf das Gymnasium ging. So wie der Kita-Platz, den man ja auch am besten schon beantragte, bevor das Kind geboren wurde.

Irgendwann war dieser Traum jedoch nicht mehr gut, weil Sofia nicht aus ihm erwachte. Schlangenlinien vor den Wohnungseingängen. Eine Bewerbungsmappe, die schwerer als ihre Immatrikulationsunterlagen wog. Und schließlich als letzte Option eine Zeitungsanzeige mit einem Portraitfoto, das Sofia beim Fotografen gemacht hatte. Ein ganzes Leben, das zusammengefasst war in einem Hochglanzinserat. Wenn es nicht die Rubrik *Mietgesuche* war, könnte man denken, sie bewerbe sich für eine Talentshow.

Dass sie bei Annas Mutter angekommen war, beruhte eher auf einem glücklichen Zufall. Denn ihre neue Freundin, die noch bei ihren Eltern im Hochhaus gegenüber wohnte, machte sie auf das Tiny House im Garten aufmerksam. Da der Garten von der Straße aus absolut blickdicht war, wurde dieses Idyll nur von oben sichtbar. Die Reihe der Einfamilienhäuser jenseits der Hochhäuser markierte wie eine Grenzmauer den Eingang zu einer unsichtbaren Stadt. Ein Eingang, den Sofia mit Erleichterung durchschritt, als Annas Mutter ihr die Tür öffnete und sie nicht gleich wieder abwies. Nein, Annas Mutter, die zwar keine sozialen Kontakte mehr gewohnt, aber immer noch drauf angewiesen war, ließ sie herein, weil Sofia sie an Anna erinnerte.

Es war bereits einige Jahre her, dass Anna während des Studiums bei ihren Eltern gewohnt hatte, bevor sie sich verliebte und auszog. Das millionenfache Schicksal von Eltern, die es entweder gelassen, begeistert oder so wie Annas Mutter mit Trauer akzeptierten, dass ihre Kinder flügge wurden. Sofia erinnerte Annas Mutter an die glücklichen Tage, an denen sie nicht allein gewesen war. Eine Prophezeiung, dass es besser werden konnte, wenn sie sich wieder auf das Leben einließ. Das sagte zumindest Anna immer, wenn sie bei ihr war. *Lass dich auch mal auf was Neues ein.*

Auch wenn es für Anna scheinbar eine leichte Sache war, für Annas Mutter war es ungleich schwerer. Aber als Sofia in ihrer Küche stand und sie fragte, ob sie im Tiny House wohnen könnte, wurde es für Annas Mutter leicht, ja zu sagen. Ein Ja zunächst nur auf Probe und ohne Mietvertrag. Man würde ja sehen, ob es passte. Die obdachlose Studentin und sie.

Für Sofia war der Handschlag mit Annas Mutter mehr als eine bloße Übereinkunft. Sofia fühlte sich beschenkt in einer Zeit, in der Geschenke übers Internet verschickt wurden. Sie war dankbar, wie man sich nur dann fühlt, wenn man etwas wirklich Besonderes erlebt. Wenn einem jemand, der einen gar nicht kennt, die Hand reicht.

Durch dieses unerwartete Geschenk kam noch ein weiteres Geschenk hinzu. Es war Sofias Wunsch zu helfen und etwas zurückzugeben von dem, wovon Annas Mutter gar nicht wusste, dass sie es verschenkt hatte. Denn sie gab Sofia nicht nur eine Bleibe, sondern auch Zuversicht. Und so fing Sofia damit an, ihr im Garten zu helfen. Es war nur eine Kleinigkeit, leichter als ein Reflex. Wie ein Stück Erinnerung an ihr Zuhause auf dem Land, wo sie ihren Eltern auch immer im Garten geholfen hatte.

Sofia wusste, was sie im Garten zu tun hatte. Sie mähte und pflanzte und schnitt und war glücklich. Als Dank wurde sie von Annas Mutter regelmäßig zum Kaffee eingeladen. Sie unterhielten sich. Sie kamen sich näher. Und schließlich fand auch Annas Mutter wieder eine Bleibe auf dem großen Grundstück mit dem Tiny House. Es hatte wieder Sinn, dass sie dort wohnte und sich einließ auf jemand anderen, wenn auch auf unbestimmte Zeit. Andere sagten *Win-win-Situation* dazu, was Annas

Mutter nicht störte, weil sie es ignorierte, das Geschwätz der Nachbarn um sie herum.

Rebellion

Da Sofia Annas Mutter vertraute, erzählte sie ihr schließlich Dinge, die sie ihrer eigenen Mutter nicht erzählte. Die Geschichte von dem Studenten mit der braunen Aktentasche. Von seinen kurzen und schmalen Fingern, die in gekonnter Manier eines Diebes ein Buch in diese Tasche steckten. Sofia saß in einem Sessel des Buchladens und las in einem Buch, als sie sah, wie er die Aktentasche erst nur zur Hälfte, dann im Ganzen öffnete, indem seine Hand den Reißverschluss ganz bis zum anderen Ende zog. Sofia konnte nichts anderes als aufzustehen. Im Näherkommen empörte sie sich. Als sie seine schönen Augen sah, verkleinerte sich ihr Ärger zu einer kurzen Frage, die sie ihm entgegenwarf. *Warum machst Du das?* Er sah sie freundlich an, löste seine Hand vom Reißverschluss und legte sie Sofia auf die Schulter: *Lass uns das draußen besprechen.*

Sofia wusste nicht mehr, warum sie mitgegangen war. Sie war jung, vielleicht naiv und gleichzeitig zu neugierig, als dass sie ihm seine Bitte hätte abschlagen können. Nun stand sie draußen vor dem Geschäft, mitten im Geräuschpegel der Großstadt, immer noch mit seiner Hand auf ihrer Schulter, mit der er sie in ein nahegelegenes Café führte.

Vielleicht weil es das erste Mal war, dass sie so etwas erlebte, war sie fasziniert von ihm. Seine dunklen Augen, der angedeutete Bart, seine Stimme. Wenn Verliebtsein etwas ist, das man nicht steuern kann, erlebte Sofia dieses Gefühl genau in diesem Moment zum ersten Mal. Die Aktentasche trat in den Hintergrund, der Mensch und seine Gründe in den Vordergrund, und Sofia entschied aus dem Bauch heraus, dass sie noch in eine Kneipe und danach zu ihm nach Hause gehen könnte.

Im Café lag seine Aktentasche die ganze Zeit über neben ihm auf dem Stuhl. Mal sah Sofia ihn an, mal diese Aktentasche, die so gar nicht zu seinem sonstigen Outfit als Student passte, der wie alle anderen nur ein kleines Zimmer bewohnte. Die Arroganz und Selbstbezogenheit in seinen Ausführungen entdeckte Sofia erst später, als es schon zu spät war und er ihr beim Frühstück erklärte, dass für ihn alle Menschen, die ein Auto fahren, Kapitalisten und Öko-Sünder sind.

Er textete sie zu: *Die können sich doch gar nicht vorstellen, auf ihr Auto zu verzichten, weil das Auto zum Statussymbol geworden ist. Weil jeder der Stärkere sein will. Oder möchtest du da etwa mitspielen, zusammen mit dem Homo sapiens im Sandkasten, wo es nur um den größten Knochen geht?*

Als sie ihn das nächste Mal in der Buchhandlung traf und in ihrem Sessel sitzen blieb, während er seine Aktentasche mit drei Gedichtbänden füllte, wurde Sofia schwindelig. Sie interpretierte es als ein Zeichen von Verliebtheit und nicht als Schuld. Hinzusehen und gleichzeitig wegzuschauen, zu übersehen, was Sofia eigentlich wichtig war.

In den nächsten Wochen ihrer Affäre mit dem Studenten und seiner Aktentasche, verschob sie ihre guten Absichten weit weg vom Buchladen und aus der Stadt heraus, auch weit weg von Annas Mutter mit dem großen Garten, den sie bewohnte und ihn nie dorthin mitnahm.

Als sie schließlich mit Annas Mutter darüber sprach, ahnte sie es schon, dass es nur eine vorübergehende Eigenschaft war, das Ungerechte und Schlechte zu ignorieren. Das Gute in ihr meldete sich an dem Abend zu Wort, als er mit einem Kugelschreiber in der Hand lauter parkende Autos anritzte und begann, die Seitenspiegel einzudrücken. Sie sah, wie das Funkeln in seinen braunen Augen nachließ, als sie ihm vorwarf, das Falsche zu tun.

Von da an traf sie sich nicht mehr mit ihm, sie war wieder weit weg von ihm und litt doch furchtbar darunter, weil es schwer ist, den ersten Fehler im Leben einzugestehen. Es war falsch gewesen, ihm zuzuhören. Es war falsch gewesen, ihm und seiner Aktentasche nachzulaufen, nicht wegzulaufen, nicht hinzustehen.

Wenn Sofia sich mit Annas Mutter unterhielt, dachte sie immer seltener an die Aktentasche und an ihren eigenen Fehler, der darin bestand, einfach nur zugeschaut zu haben. Denn es war keine große Liebe und daher auch kein großer Schmerz. Und doch konnte sie erst aufhören an ihn zu denken, als sie ihn nicht mehr an der Uni, sondern nur noch im Internet fand. Nachdem er das Studium abgebrochen hatte, war er zum Lifestyleberater eines großen Unternehmens geworden und sah Sofia mit denselben Augen, demselben Hundeblick und einer fremden Krawatte an. Über ihre Freundin erfuhr Sofia ein paar Jahre später, wo er nun wohnte. Und obwohl Sofia vernünftig war, konnte sie nicht anders, als sich an einem Tag in die S-Bahn zu setzen und sein Haus aufzuspüren. Der weiße Van auf dem Vorplatz schien irgendwie poliert, so wie seine Aktentasche, die er immer mit brauner Schuhcreme bearbeitet hatte. Überhaupt war alles so hübsch aufgeräumt an diesem Vorstadt-Doppelhaus, so dass Sofia auf einmal Lust bekam, ihren Kugelschreiber herauszuholen.

Sie lief nicht weg, sie lief aber auch nicht hin, sondern blieb auf dem Fußweg vor dem Haus stehen und zeichnete eine Skizze der polierten Aktentasche, die für Sofia zum Inbegriff der Scheinheiligkeit wurde.

Um ihn zu vergessen, zeigte sie Annas Mutter Fotoalben aus ihrer Kindheit, in denen weder ein Student noch eine Aktentasche vorkamen. Annas Mutter nahm das zum Anlass, auch mal wieder in die Fotoalben ihrer Kindheit hineinzuschauen. Dabei entdeckte sie auf den verblassten Fotos und in ihrem Gesicht Spuren, die sie bereits als Kind hatte. Ihr Lächeln, in dem auch heute noch etwas Schüchternes lag. Ihr Blick, in dem gleichzeitig ein wenig Rebellion aufblitzte. So wie bei Sofia, aber noch deutlicher bei Anna, die ihrer Mutter sehr ähnlich sah. Wenn Annas Mutter in den Spiegel schaute, sah sie nicht die alte Frau, sondern immer noch das Mädchen von damals, das mit langen Gamaschen und viel zu großen Strickhandschuhen mitten auf der Straße stand. Das Foto hatte ihr Vater gemacht, nachdem sie den Nachbarsjungen verprügelt hatte, damit der nicht noch einmal auf die Idee kam, ihr auf dem Nachhauseweg von der Schule die Fäuste zu zeigen.

Und während sie so da saß im winzigen Schein der Schreibtischlampe, sah sie von der Straße wirklich wie ein junges Mädchen aus, streng erzogen, aber nicht dumm. Nur zur höheren Schule durfte sie damals nicht gehen. So wie viele Mädchen in der Nachkriegszeit, denen ein Aufstieg von der Gesellschaft und den eigenen Eltern von vornherein verwehrt wurde. Als sie den Jungen verprügelt hatte, war ihr Vater noch stolz auf sie gewesen. Nicht aber, als die Lehrerin meinte, dass sie aufs Gymnasium wechseln könnte.

Es dauerte Jahre, bis Annas Mutter das ungerecht fand, nämlich dann, als sie ihren Rentenbescheid öffnete und nichts weiter drinstand als ein bisschen mehr Taschengeld. Das und der Kontakt mit Sofia war auch der Anlass, warum sie anfing sich politisch zu engagieren, indem sie wieder auf die Straße ging. Nicht mit Strickgamaschen, aber mit genau demselben Revoluzzerblick von damals. Obwohl sie Menschenansammlungen eigentlich hasste. Aber auf diese Weise ging sie wenigstens nicht unter, sondern sie kam wieder hoch und ließ sich treiben von den anderen jungen und junggebliebenen Menschen, die gegen ungerechte Bezahlung und die Klimapolitik demonstrierten.

Von ihren Nachbarn wusste keiner, wohin sie manchmal frühmorgens aufbrach. Denn ihre Transparente zog sie im Einkaufstrolley hinter sich her, als ginge sie auf den Markt zum Einkaufen. Als sie in Salzbach war, nahm sie auch ihre Tochter und ihren Enkelsohn auf eine der *fridays for future* Demos mit. Ihr Enkelsohn, der inzwischen dreizehn Jahre alt war, fand das ziemlich cool, wegen einer wirklich wichtigen Sache und dann auch noch mit seiner eigenen Oma die Schule zu schwänzen. Derselbe Blick wie sie, während ihre Tochter etwas weniger euphorisch war. Denn Anna war noch nicht in dem Alter, in dem sie so wie ihre Mutter die Bedrohlichkeit von Menschenmassen einfach ausblenden konnte. Sie fühlte sich unwohl. Nicht weil ihr Sohn die Schule schwänzte, sondern weil sie die ganze Zeit über ihren Fluchtinstinkt unterdrücken musste. Als ihre Mutter das selbstgemachte Plakat auspackte, entspannten sich Annas Gesichtszüge jedoch wieder. *Grünkohl statt Braunkohle* passte zu ihrer Mutter und dem norddeutschen Akzent, mit dem sie die Parolen nachsang als stände sie nicht vor dem Rathaus, sondern in einer Kirche.

Anna musste auf einmal wieder an das Kinderfoto von ihrer Mutter denken, das bei ihr in Hamburg auf dem Schreibtisch stand. Breitbeinig stand sie dort. Ein bisschen mehr Junge als Mädchen. Die Zöpfe standen seitlich ab. Von einem Strickhandschuh hingen ein paar Fäden herunter. Ihr Blick hatte etwas Entschlossenes. So wie an diesem Frühsommertag vor dem Rathaus der Landeshauptstadt, an dem sie ihr Transparent hochhielt, als ginge es wieder um den Jungen von damals, der in ihren Augen nun zum alten weißen Mann geworden war.

Ob Lobbyist oder Politiker. Annas Mutter konnte beide nicht mehr voneinander unterscheiden, wenn sie zum Publikum hin das breiteste Grinsen aufsetzten und hinter der Bühne das wahre Gesicht zum Vorschein kam.

Anna, die das alles auch sah, aber die sich nicht so darüber aufregen konnte wie ihre Mutter, liebte sie dafür. Sie sah ihre Wut und wusste, dass dies der Grund war, warum ihre Mutter sich nicht mehr so traurig fühlte.

Dadurch war Anna auch ein bisschen stolz auf sie.

Annas Koffer

Es ergab sich zwangsläufig, dass Anna, die sah, dass ihre Mutter nach dem Tod ihres Vaters wieder ein bisschen glücklich sein konnte, auch an ihren Vater denken musste und daran, wie er gestorben war. In einem Hotel, fernab seiner Heimat, nicht unerwartet, aber trotzdem ohne Vorwarnung, obwohl alle wussten, wie krank er war.

Annas Vater war nicht fortgegangen. Auf einmal war er nicht mehr da. Die Zeit war auch nicht stehen geblieben. Der Regen hörte nicht auf. Im Café des Hotels wurden weiter Spezialitäten aus Schokolade verkauft. Die Gäste bestellten weiter Spezialitäten aus der Karte im Restaurant. Anna und ihre Mutter standen irgendwo dazwischen. Es merkte ihnen keiner an, dass der Ehemann und der Vater verstorben war. Und während Stille einkehrte in ihre aufgewühlten Herzen, kauften auch sie Schokolade und Pralinen. Sie standen wie Außerirdische an der Kasse und warteten, bis alles hübsch verpackt war und sie darin ihre Erinnerungen mitnehmen konnten.

Als sie am selben Tag in die ersten Gewitterwolken des Jahres zurückfuhren, spiegelten sich in der Frontscheibe die Ausschnitte des unversehrten Himmels.

Die letzten Worte ihres Vaters fuhren mit Anna nach Salzbach zurück. *Ihr schafft das* hatte er immer gesagt. Anna spürte wieder seine letzte Wärme und ihr Herz, das unbeeindruckt immer schneller schlug. Das Herz protestierte, es war wieder fünf Jahre alt und keinen Tag älter.

Anna saß nicht mehr im Auto, sondern auf dem Schoß ihres Vaters, der sie aufgehoben hatte und mit derselben starken *Du schaffst das* Stimme zurück aufs Fahrrad setzte.

Anna trat noch rechtzeitig auf die Bremse, um im Furchtbarsten aller Gewitter auf einem Rastplatz zu stranden. Als sie sich wieder hinter das Steuer setzte, fühlte sich ihr Herz unendlich alt an. Denn Tränen reichten nicht aus, um das zu betrauern, was sie an ihm liebte.

Monate später. Es war Frühling, als Vanessa und Sandra auf der kleinen Wendeplatte oberhalb der Häuser standen, sich miteinander unterhielten und sahen, wie Anna aus dem Haus kam und einen nicht mehr zeitgemäßen Koffer mit großen herunterhängenden Kofferschnallen zur Garage trug. Auch Annas Kopf hing herunter. Sie schaute nicht zu den Nachbarinnen und vermied deren Blick.

Und weil es nur wichtig war, was sie sahen, sahen Vanessa und Sandra nur, dass Anna einen Koffer aussortiert hatte und im Begriff war, ihn wegzuschmeißen. Es war offensichtlich, dass Anna Frühjahrsputz machte. Schließlich hingen auch Bettdecken über die französischen Balkone aus den Fenstern.

Als Annas Vater im Jahr 1965 nach Hamburg kam, um dort zu arbeiten, wohnte er zur Untermiete in einem Zimmer bei einer alleinstehenden älteren Frau. Sie fragte ihn fast jeden Tag, wann denn sein Koffer aus Göttingen käme. Sie wusste ja nicht, dass er aus der DDR geflohen war und nichts anderes hatte als die Kleider, die er am Körper trug. Sie fragte ihn immer wieder danach. Und er versicherte ihr jedes Mal, dass er bald ankommen würde, der Koffer, und es noch etwas dauern würde, weil es Probleme mit dem Transport gegeben hatte.

Als er seinen ersten Monatslohn erhalten hatte, ging er als Erstes in ein Geschäft, um sich einen Koffer zu kaufen. In einem anderen Geschäft kaufte er einen Mantel aus Kamelhaar, den er in den Koffer hineinlegte. Als er damit in sein neues provisorisches Zuhause ging, war die Vermieterin erleichtert, dass endlich der Koffer angekommen war.

Nachdem Annas Vater gestorben war, entdeckten Anna und ihre Mutter den Koffer beim Aufräumen. Noch immer lag der Kamelhaarmantel darin. Annas Mutter hatte beides nicht wegwerfen können. Den Kamelhaarmantel behielt sie. Anna nahm den Koffer mit nach Salzbach. Und nun war sie im Begriff ihn einfach wegzuwerfen, was ihr nicht gelang. Denn eigentlich war er vollgepackt mit Erinnerungen. Noch am selben Abend holte Anna den Koffer wieder aus der Garage. Sie war froh, dass sie nicht dabei beobachtet wurde. Denn sie fühlte sich schon genug ertappt und war irgendetwas zwischen einer Rabentochter und einer Diebin.

Als Anna den Koffer auf dem Dachboden abgestellt hatte, öffnete sie das kleine Fenster zum Himmel. Das machte sie immer, wenn sie nachdachte. Nur diesmal dachte sie nicht nach, sondern sie weinte. Sie weinte, weil sie sich auf einmal nicht mehr daran erinnerte, wie die Stimme ihres Vaters geklungen hatte. Sie sah ihn vor sich, aber sie konnte seine Stimme nicht mehr hören.

Und weil Erinnerungen helfen, sogar die traurigen, dachte sie an ihren Vater, wie er gestorben war und wie er gelebt hatte. Obwohl sie sich nicht mehr an seine Stimme erinnerte, erinnerte sie sich nun an hellere Tage, die sie miteinander verbunden hatten, auch wenn Anna nur noch diesen Koffer von ihm hatte, ohne den Kamelhaarmantel darin.

In der Dämmerung und durch ihre Tränen hindurch sah sie die schraffierten Kondensstreifen von Flugzeugen, die mit konstanter Geschwindigkeit davonflogen und die man bei Nacht nur durch ihre Fortbewegung als Flugzeuge identifizieren konnte. Denn wenn sie keine Geräusche machten, gingen sie in der Dunkelheit verloren, irgendwo zwischen der Erde und dem halbierten Mond. Sie nahmen Reißaus wie Weltreisende auf einem niemals gleichen Himmel. Nur die Sterne und Annas Erinnerungen bewegten sich scheinbar nicht hin und her.

Anna machte das Fenster wieder zu und fühlte sich das erste Mal wie gefangen im Universum von Salzbach, wie gefangen in dem Koffer, den sie wiedergefunden hatte, obwohl sie ihn nie verloren hatte.

In diesem Moment nahm Anna sich vor, wieder Feste zu feiern und Anlässe zu finden, spätestens ihren runden Geburtstag, an dem sie Vanessa und Sandra einladen könnte. Denn wenn das Leben so kurz ist, durfte sie ruhig so mutig und so großzügig wie ihr Vater sein.

Geburtstage

Freundschaft begann für Vanessa und Anna dann, wenn man sich zum Geburtstag gratulierte. Die Geburtstage ihrer Nachbarinnen kannte Vanessa jedoch nicht. Vielleicht lag es daran, weil sie immer älter wurden und es eigentlich keinen Anlass zum Feiern gab. Anna erzählte jedenfalls nur beiläufig von ihrem Geburtstag. Sandras Geburtstag konnten die Nachbarn zumindest erahnen, wenn die Verwandtschaft aus Salzbach und der Umgebung auftauchte und deren Autos die Straße blockierten. Trotzdem klingelte Vanessa nie, um ihr zu gratulieren, da sie ja nicht eingeladen war und auch nicht ins Familienidyll hineingezogen werden wollte. Sie belegte dann nicht mehr den Platz am Küchenfenster, sondern saß vorne bei ihren Tonfiguren im Büro, wo sie auf die Straße zu den Autos schauen konnte. Sie war sich nicht sicher, ob dies aus Rücksichtnahme oder aus Enttäuschung geschah.

Anna waren Geburtstage wichtig. Das lag daran, dass ihr eigener Geburtstag auch für sie wichtig war. Da sie beruflich mit Selbstheilungskräften arbeitete, war es eine Selbstverständlichkeit, dass sie auch auf sich achtete. Insofern war es nicht verwunderlich, dass sie sich ganz zurückzog, wenn sie Geburtstag hatte und nur Dinge machte, die für sie wichtig waren. Und da ihr eigener Geburtstag für Anna ein heiliger Tag war, an dem sie nie arbeitete, waren ihr die Geburtstage der Nachbarinnen auch wichtig.

Aber nachdem sie die Geschenke überreicht hatte, verschwand sie schnell wieder, aus dem einfachen Grund, weil sie nicht stören wollte. Sie ging davon aus, dass sich auch die anderen nur mit sich selbst beschäftigen wollten. Denn ihr eigener Geburtstag war ein Tag, den Anna vor allem mit sich selbst feierte und an dem sie nur mit ihrer Mutter länger telefonierte.

An einem von Vanessas Geburtstagen konnte Anna sich jedoch nicht mehr davonstehlen, weil sie merkte, dass Vanessa anders war als sonst. Sie wirkte traurig und ein bisschen durcheinander. Wie wenn sie sich zu etwas durchgerungen hatte, das ihr keine Freude bereitete. Anna blieb etwas länger an der Haustür stehen, sie unterhielten sich etwas länger miteinander, bis Vanessa sie schließlich hereinbat, in ein Haus, in dem man vor Blumen und Luftballons kaum zum Atmen kam. Da wurde Anna klar, warum Vanessa Tränen in den Augen hatte. Sie hatte heute ihren fünfzigsten Geburtstag, und keiner war bei ihr. Der Sohn war in der Schule und danach bei Freunden. Ihr Mann war in einer wichtigen Sitzung, so wie jeden Tag, da machte auch der Geburtstag seiner Frau keine Ausnahme. Anna fühlte, dass Vanessa an diesem Vormittag nicht allein sein wollte. Anna, die zum Muttertag von ihren Kindern regelmäßig originalverpackte und unbeschriftete Glückwunschkarten bekam, kannte dieses Gefühl. Irgendwann machte es sich Anna zur Angewohnheit, die Karten selbst zu beschriften. Sie blieb dabei erstaunlich gelassen. Vanessa sagte immer: *Du schleppst die Gelassenheit in Tüten mit dir herum.* Anna fand nur, man brauchte nicht aus jeder Sache ein Problem zu machen. Denn das mit den Postkarten war ja gut gemeint. Sie nahm es hin, dass es eine Art Familientradition unter ihren Männern wurde, dass man nicht jeden *Klimbim* mitmachen musste, nur weil es jetzt total *In* war, die Muttertagsgeschenke als Profilbild zu positionieren.

Vanessa ging es da viel schlimmer. Das fand jedenfalls Anna, für die nur Geburtstage wirklich wichtig waren. Anna war sprachlos: An ihrem fünfzigsten Geburtstag war Vanessa heimatlos in ihrem eigenen Haus. Da halfen auch keine Luftballons, keine Blumen, kein Kuchen, sondern nur die Gegenwart eines anderen Menschen. Während Vanessa sich in der Küche zu schaffen machte, um einen Kaffee zu machen, begann sie sich zu entspannen. Sie fühlte sich wieder leichter, denn Annas Gegenwart tat ihr gut. Sie sagte es nicht, aber Anna konnte es spüren.

    Anna setzte sich auf die Couch im Wohnzimmer und lächelte Vanessa an: *Hast du schon deine Geschenke ausgepackt?*
Das mache ich morgen.
Wieso morgen?
Weil mein Mann dann wieder da ist.

Ist er denn heute Abend nicht zuhause?
Es wird wieder spät.
Und morgen nicht?
Nein, morgen voraussichtlich nicht.
Und solange willst du warten?
Ich weiß nicht. Eigentlich schon.
Und uneigentlich? Komm, wir fangen nach dem Kaffee trinken schon mal an.
Wenn du meinst...
Was meinst du denn?
Ja, lass uns einfach schon mal anfangen.

Anna nickte mit dem Kopf. Das war das erste Mal, dass sie Vanessa so erlebte. So eigenartig unselbständig, wie wenn sie an ihrem Fünfzigsten alle Eigenschaften verloren hatte, nur um wieder ein bisschen Kind sein zu dürfen.

Sandra sagte es gleich. Sie feierte zwar jeden ihrer Geburtstage ausgiebig, vergaß aber regelmäßig die Geburtstage von anderen. Anna, die diese Tage in ihren Kalender eintrug, verstand es nicht wirklich, hielt sich aber mit guten Ratschlägen zurück. Jeder musste schließlich selbst wissen, wann er wem zum Geburtstag gratulierte. Schließlich wollte keiner eine durch und durch harmonische Gesellschaft, in der alle wohlerzogen, aber in Wahrheit total angepasst waren.

Anna dachte an das chinesische Social-Credit-System, die perfekte digitale Überwachungsgesellschaft, die

die Menschen zu verhaltensunauffälligen Musterbürgern konditionierte, die sich wahrscheinlich wie Automaten zum Geburtstag gratulierten. Gemeint war das Gegenteil von Freiheit, der Beginn von etwas, das größer als jede Vorstellungskraft war, weil irgendwann ein System weiß, wer man ist und was man will. Wenn Glaubwürdigkeit oder Geburtstage von Algorithmen abhingen, war das in Annas Augen der Anfang vom Ende. Auch deswegen sagte sie nichts. Sandra konnte ruhig weiter die Geburtstage der anderen vergessen.

Umso erstaunter waren Anna und Vanessa, als es klingelte und Sandra vor der Tür stand. *Anna ist auch da*, hörte Anna Vanessa verdutzt sagen. Und Sandra, die von einem fliederfarbenen Blumenstrauß verdeckt wurde, erwiderte: *Ich hab nur kurz Zeit, wirklich nur kurz, aber auf einen Kaffee komme ich gerne herein.*

Obwohl es ein Wochentag war, hatten Sandra und Anna Zeit. Anna hatte ihren freien Tag und Sandra konnte heute von zuhause arbeiten. Zumindest tat sie so. In Wahrheit hatte sie sich extra frei genommen, weil sie wusste, dass Vanessa fünfzig Jahre alt wurde. Seit einiger Zeit hatte sie die ganzen Daten ihrer Sprachassistentin beigebracht, sie wie einen Hund gefüttert und wurde nun morgens beim Frühstück an wichtige Termine wie diesen erinnert.

Anna und Sandra saßen nun inmitten der Luftballons aus Zahlen und Herzen und wollten wissen, wer denn diese

Luftballons alle aufgestellt hatte. Die Haushälterin war frühmorgens da gewesen und hatte Vanessas Mann geholfen. Anna zögerte. Denn Vanessas Stirn sah durch die ersten grauen Haare schutzlos aus. Eigentlich wollte Anna fragen: *Warum braucht dein Mann dazu Hilfe?* Aber sie biss sich auf die Lippen und verschloss den Mund wie einen gut gesicherten Tresor.

Währenddessen beobachtete Sandra Anna, die in die Sonne blinzelte und ihren Blick wie mit einer spitzen Feder die Front der Luftballons entlang strich. *Die Luftballons platzen bald, wenn sie so weitermacht*, dachte Sandra. Nun war es an Sandra, schnell die Stille zu überbrücken, während Anna das Sprechen zunehmend schwerer fiel. Anna war froh, dass Sandra gekommen war und mit am Kaffee nippte. Denn Sandras Fröhlichkeit und Unbekümmertheit, konnte durch nichts übertroffen werden. Noch nicht einmal vom Herannahen des Älterwerdens. Schließlich gab es in Sandras Verwandtschaft eine Tante, für die Fünfzig erst die Hälfte ihres Lebens gewesen war.

Anna sagte dann doch etwas: *Vanessa, kannst du bitte die Terrassentür öffnen? Mir ist ein bisschen heiß.* Vanessa und Sandra sahen erstaunt zu ihr herüber. Und Anna wurde erneut klar, dass auch das nicht die richtige Frage gewesen war. Sie hörte Vanessa und Sandra wie im Chor: *Willst du etwa, dass die Ballons wegfliegen?* Anna sprach nicht mehr aus, was sie dachte. Dass sie gerne mit nach draußen geflogen wäre, um von weitem die Kulisse zu betrachten.

Anna stellte sich vor, dass das Haus wie eine Theaterbühne aussah. Anna, Sandra und Vanessa waren kaum darauf zu sehen. Nur ihre Köpfe ragten aus einem Meer aus bunten Luftballons hervor. Es sah aus wie in einem Bällebad, ein Ort, an dem Tränen keinen Platz hatten, nur weil Vanessa ein Jahr älter geworden war.

Anna sah nach draußen und wusste, ein Tag, an dem der Mond zusammen mit der Sonne aufging, musste einfach gut werden. Und so wurde es dann auch. Anna blieb länger, und auch Sandra hatte auf einmal unendlich viel Zeit, so dass der Tag fast nicht zu Ende ging.

Der Sommer, der nicht endete

Jeden Sommer brachte Vanessa aus Italien Oliven und Pesto mit. Sandra und Anna werteten dies als Zeichen, dass sie sich überall wie zuhause fühlte. Während Anna froh war, wenn sie in Salzbach sein und sich einfach nur erholen konnte. Mal nichts tun, nichts denken, mit niemandem reden. Ohne den Stress des Kofferpackens und der An- und Abreise, nach der sie eigentlich schon wieder Urlaub brauchte, fühlte sich Anna leichter.

Die Sonne einatmen, durchatmen, die innere Kraft wieder spüren, das Leben feiern. Anna dachte dann nicht mehr an die Bücher, die sie sich vorgenommen hatte zu lesen. Sie zog das Grün der Algen aus dem kleinen Teich und beobachtete heimlich ihren Mann, der sich seit einigen Jahren als Gärtner entpuppte.

Anna stellte sich die Frage, was ihn davor wohl glücklich gemacht hatte, und wusste sofort, dass es an diesen sonnigen Tagen ganz normal war, dass Fragen ohne Antworten blieben. Die Schönheit der Natur machte es ihr leicht, sich einfach an die Wirklichkeit anzupassen. Vogelgezwitscher, Schäfchenwolken und das Surren einer Libelle, die sich unter dem Sonnenschirm verirrt hatte, ließen ihre Gedanken leer werden.

Sie sah ihrem Mann zu, der neben den violetten Lauchkugeln niederkniete, um das Unkraut auszustechen. Es war ein vollkommener Augenblick, der sich nicht verdoppelte, wenn man ihn teilte. Dieser befreiende

Gedanke, den man lieber für sich behält, wenn man für einen kurzen Moment das Glück aufgeschnappt hat.

Anna dachte dann: Warum verbringt man sein Leben damit, sich auf den nächsten Urlaub zu freuen, zu verreisen, um wiederzukommen, und um zu erkennen, was man vermisst hat? Wäre es nicht naheliegender, zu bleiben und jeden Tag ein Fest zu feiern, weil man nicht nur wohnt, sondern ein Zuhause hat?

Denn Zuhause ist ein Platz, der nicht austauschbar ist, so wie die Inseln, die für Kontinente gehalten werden und die nur Erinnerungen aus dem letzten Urlaub sind. Zuhause war für Anna ein Land, das nicht an Bedeutung verlor, nur, weil sie es tagtäglich bewohnte.

Die Gedanken, die während des Algenfischens heran trieben, streiften Anna nur und befreiten sich so schnell wie sie gekommen waren. Anna warf das grüne Algenknäuel in den Eimer zu den anderen, und wusste, als sie ihren Mann ansah, dass sie nur ungern das verließ, was sie liebte.

Diesmal war der Sommer endlos. Anna hatte das Gefühl, als könnte sie sich ein Stück vom Glück wie von einem Kuchen abschneiden. Dabei war es zum Genießen zu viel und zum Festhalten zu wenig. Denn auch dieser Sommer würde so verlaufen und enden wie die anderen zuvor. In der Woche war die Anliegerstraße gähnend leer, während am Wochenende ein Grillrost und ein Stück Fleisch genügte, um die Menschen glücklich zu machen. Spätestens abends war dann der Grillgeruch überall und die bange Frage, wenn Anna eingeladen wurde, was man denn für sie auf den Grill legen könne. Eigentlich kannte man die Antwort, aber die Nachbarinnen fragten trotzdem. Anna verabscheute Grillen, vor allem den Geruch nach verbranntem Fleisch, und begann schnell noch eine Fastenkur, bevor ihr jemand die dunkel gewordenen Maiskolben anbieten konnte.

Aber außer dem Grillgeruch lag auch der Geruch von Sand in der Luft. Ein Strand, nur ohne das Meer, der sich wie jeden Sommer auf dem Spielplatz breit machte. Das Rauschen der Autobahn ahmte die Brandung des Meeres nach. Und hinten in der Ferne ein Flirren der Luft wie in der Wüste. Vielleicht doch ein Stück des Ozeans, der unsichtbar näherkam. Denn die ersten Wärmegewitter kamen diesmal schon im Mai. Sie blieben bis in den September hinein, brachten aber zusammen gezählt nicht viel Regen, sondern nur kleine Fluten.

Heute lag der Horizont friedlich da. Himmelblaue Entschlossenheit. Lediglich das wieder vertrocknete Grün störte die friedliche Idylle. Dazu passte das Bild der *Flugfrau*, die mit ihren Armen die letzten Wolken wegwischte. Im Winter wie im Sommer trug sie eine helle Jacke oder nur ein T-Shirt. Wenn es zu heiß war, wurde die Jacke mit einem Knoten um den Bauch gebunden. Eine Hose mit Hochwasser, weiße Tennissocken, orthopädische Schuhe und eine Fischermütze komplettierten das Outfit, das aussah, wie wenn sie aus der Zeit und vom

Himmel gefallen war. Wenn sie auftauchte, mussten eigentlich alle lächeln, viele lachten. Die *Flugfrau*, wie die Kinder sie getauft hatten. Jeder guckte zu ihr hin, wie sie mit wedelnden Armen und im Walking-Schritt den Berg hinaufging. Für Anna sah es aus wie eine Mischung aus Qigong und Tai-Chi, individuell abgestimmt, die jeweils andere Gehirnhälfte anregend. Dass sie die Arme nicht verknotete, war ein Wunder. Die Kinder schauten ihr staunend hinterher.

Als die Kinder noch klein waren, dachten sie, die Arme der *Flugfrau* wären Propeller, mit denen sie oben, wenn sie am Hügel angekommen war, vom Boden abhob, zu einem Land, das nur ihr bekannt war. Für Anna war sie eine Regentänzerin, die beharrlich den Regen beschwor, aber in diesem Sommer leider erfolglos war. Denn das saftige Gras verdorrte und sah von Weitem bald wie eine Steppe aus.

Als der Klimawandel in diesem Sommer in Salzbach angekommen war, half kein Empören und kein Jammern. Sprachlosigkeit war Annas erste Reaktion. In diesen Momenten bekam ihr Schweigen eine Intensität, die ungemütlich war. Die Frauen waren froh, wenn Anna wieder sprach, auch wenn das, was sie sagte, mindestens genauso unangenehm war. Denn über die *Flugfrau* oder über die Schwäbin mit ihrer Planetendiät konnte man lachen, über Anna nicht.

Wenn Anna über den Zustand der Erde sprach, musste man ihr zuhören, ob man wollte oder nicht. Sie pickte die wesentlichen Stichpunkte wie mit einer chirurgischen Pinzette aus einer Wunde und hielt sie einem vor Augen. Sie stotterte nicht, sie stockte nicht. Sie redete auch nicht leise, wie sie es sonst manchmal tat. Sie sprach so, dass ihre Worte eine Gravitationskraft bekamen, die einen anzog und mitriss.

Anna machte einem unmissverständlich klar, dass manche Augenblicke nicht dazu da waren, um ignoriert, sondern um durchlebt zu werden, auch in letzter Konsequenz. Wenn sie die Aussichten und Maßnahmen wie kleine Gewehrkugeln in eine imaginäre Nierenschale in ihrer Hand klirren ließ, schwiegen alle anderen, nur nicht Anna, die in solchen Momenten aus sich herauswuchs und größer war als sie selbst.

Vanessa sagte dann: *Du hättest Politikerin werden sollen.* Aber sie wusste auch, dass Annas Aufbruchsstimmung spätestens dann welke Blüten bekommen hätte. Vanessa fand, dass Anna, die nicht gerne vor großem Publikum sprach, sowieso viel besser in Salzbach aufgehoben war. Wo sie bereits viel bewirkt hatte, auch wenn es nur Sandra und Vanessa waren, die allmählich ihre Einstellung änderten. Als Geschichtslehrerin wusste Vanessa, dass jede große Veränderung im Kleinen begann. Es war gut, dass Menschen wie Anna genau dort anfingen.

Wenn Vanessa Anna freundschaftlich neckte, meinte Vanessa genau das. Es war ihre Art, Zustimmung zu zeigen, was Anna wusste und damit spielte. Schließlich mussten sie in diesen schwierigen Zeiten ja über irgendetwas lachen, und zwar am besten über sich selbst. So wie damals am Fenster, als sie noch nicht wussten, wie gut sie sich verstehen würden.

Als der heißeste und trockenste Sommer seit dem Beginn der Wetteraufzeichnungen zu Ende ging, veränderten sich die Unterhaltungen nicht nur zwischen den drei Nachbarinnen. War das schon der Klimawandel oder doch nur eine Wetterkapriole, wenn sie sich plötzlich in Deutschland wie am Mittelmeer fühlten und bei anhaltendem Urlaubsgefühl fast die Hitzeopfer und Waldbrände andernorts vergaßen?

Anna und Sandra, die gerne im Garten arbeiteten, wussten, dass es nicht nur weniger Miesepeter-Tage, sondern auch weniger Unkraut gab, von den Mücken ganz zu schweigen. Denn beide brauchten Wasser. Und das fehlte reichlich in diesem Jahrhundertsommer, in dem die Sonne wie angetackert am Himmel hing und kaum Regen fiel.

Das war auch das erste Mal, dass die drei Frauen über Politik redeten und über das, was sie selbst tun konnten. Denn die Sorge um die Kinder war größer, größer als bei den Männern, die es immerhin billigten, dass ihre Frauen nun Ökoprojekte unterstützten, um den eigenen Kohlendioxidausstoß wieder auszugleichen. *Moderner Ablasshandel*, schimpfte Sandras Mann. Seine Wut war so leicht entzündlich wie Benzin. Sandra erwiderte trotzig: *Probleme lassen sich nur mit Optimismus lösen.* Und Anna setzte noch einen obendrauf: *Die Welt retten könnte eine Aufgabe für mehrere sein.*

Vanessa schwieg lieber. Sie dachte an ihren letzten Wellnessurlaub auf Sri Lanka, den sie nach zehn Stunden Flug neben ayurvedischen Massagen damit verbracht hatte, dem Plastikmüll hinterher zu fischen.

Das Ende dieses Sommers markierte auch bei den Kindern einen Aufbruch, weil sie nun nicht mehr in den Kindergarten gingen und Annas jüngster Sohn schon aufs Gymnasium kam. Trotzdem trafen sie sich noch auf dem Spielplatz. Es war noch nicht so weit, dass es den Älteren peinlich war. Schließlich waren sie alle miteinander aufgewachsen.

Es war eine Gemeinschaft, wie geschaffen für eine Symbiose: Die Kleinen bewunderten die Großen, und die Großen, die gerne mitspielten und aufpassten, taten es auch, weil es sich gut anfühlte, gemocht zu werden. Einfach so, ohne Bewertung der Schulleistungen und ohne Bedingungen. Vielleicht war dies die ursprünglichste Form von Freundschaft, die nur gedeihen konnte, weil sie keine Hintergedanken kannte. Denn in den Herzen der Kinder war die Sonne nie ungerecht verteilt.

Es war eine uralte Geschichte, die sich schon unendlich oft so zugetragen hatte. Eine Art Mikrokosmos inmitten dann doch ähnlichen Lebensentwürfen, in denen sich die Frauen wohl fühlten, besonders dann, wenn sie das Gefühl hatten, alles selbst in der Hand zu haben.

Ein Zipfel vom Glück musste reichen, damit sie nicht mehr weg wollten aus Salzbach. Und doch hatten sie mehr als diesen Zipfel, weil sie und ihre Kinder eine Freundschaft pflegten, die nicht mehr selbstverständlich war.

Veränderung

Der Horizont rückt mit den Wolken immer näher. Wenn Anna den Arm ausstreckt, hat sie das Gefühl, als könne sie ihn berühren, diese zarte Linie des Kirchturms aus Beton. Knorrige Tannen, die in den Himmel hineinwachsen. Dann die Hügel in der Ferne, die nicht näherkommen, wenn sie nach ihnen greift. Nur die Wolken rücken näher und mit ihnen der blaue Horizont, der unsichtbar an den Wolken zerrt. So viele Chancen trägt der Himmel zu ihr, so dass Anna sich nicht mehr wie Ende Vierzig, sondern wie tausend Jahre fühlt.

Das Erwachen war abrupt. Vom Wind herbei getragener Regen, der weder blau noch grau wie die Wolken war, sondern silbrig schwarz. Der Horizont hatte sich wieder zurückgezogen. Die Wolken türmten sich zu Bergen auf. Diesmal kamen die ersten Gewitter schon im April. Das Wetterleuchten war schon da. Es hing zwischen den Wolken. Es zog sich zurück und schlug mit einer Brutalität zu, die Anna erzittern ließ. Auf einmal hatte der Wolkenturm den Horizont verschluckt. Vor dem letzten blauen Zipfel Himmel blieb der Wolkenturm stehen. Anna und die Wolkenwand standen sich fast direkt gegenüber.

Hilflos rückte sie die Gartenmöbel zur Seite und schloss den Sonnenschirm. In der beginnenden Dämmerung kam ihr Salzbach vor wie ein Dorf ohne Straßen, ohne Plätze, ohne Menschen und ohne Tiere. Ein Ort ohne Publikum. Anna breitete die Arme aus und versuchte das Gleichgewicht zu halten. In diesem Himmel, der nur Himmel war. In diesem Gewitter, das nur Gewitter war.

Anna konnte ihre aufkeimenden Gedanken nun nicht mehr länger ignorieren. Sie begann sich zu fragen, ob in zwanzig Jahren noch genauso viele Pflanzen in ihrem Garten wachsen würden. Ob es noch Schnee geben würde. Und ob das Insektenhotel noch Bewohner hätte.

Sie beruhigte sich selbst mit ihrer ruhigen und festen Stimme. Die Stimmen in ihr beruhigten sich nicht. Die Stimmen machten Anna Angst, aber sie motivierten sie auch. Wie jeden Abend richtete sie die Augen zum Himmel. Ein letztes Mal, bevor sie schlafen ging. Und sie hoffte, dort Bruchstücke ihrer Geschichte lesen zu können. Was man tun müsste, um das Schlimmste zu verhindern.

Und schließlich fühlte Anna, die groß geworden war, zwar die Ungewissheit, aber auch die eigene Hand, die sich auf ihre Schulter legte, und die ihr sagte, dass Tränen nichts nützen, wenn man Veränderungen will. Und dass Gleichgültigkeit nur die Armut der Gegenwart ist.

Die Zukunft des barfüßigen, aber nicht komplett ahnungslosen Menschen driftete schließlich in ihren Gedanken zurück in den Himmel, zum blauen Horizont, der immer mehr zu einem großen Puzzle zerfallen war. Das Gewitter zog langsam wieder ab, die Wolken entfernten sich und gaben den Blick auf die ersten Sonnenstrahlen frei, die sich durch die Wolkenfetzen fächerten.

Anna blickte in die Sonne, die halbrund zwischen den Wolken aufblitzte, schloss ihre Augen und öffnete ihr Herz. Es gab Hoffnung. Das änderte sich bei Anna nie.

Manche Dinge

Was vom Sommer und der Sonne übrigblieb, war eine Vorahnung auf den nächsten. Erst ein Gefühl der Freude. Denn dank des Klimawandels war der nächste Sommer nicht mehr so weit entfernt.

Dann eine gewisse Nachdenklichkeit, gefolgt von einer Spur Wut über die Menschheit, die es so weit hatte kommen lassen. Auch die Wut auf sich selbst, die sich aber schnell wieder verflüssigte, so wie das Eis der Polarkappen unter einer Atmosphäre gefüllt mit CO_2 und Ahnungslosigkeit.

Daher gehörte der Herbst danach denen, die vergessen konnten und die genug Fantasie hatten, dass man mit dem Umweltschutz noch warten konnte. Wieder zehn Jahre warten. Für Anna, Sandra und Vanessa war das inzwischen kein Ziel. Sie wussten aber auch, dass es für viele ein Luxusproblem war, wenn sie darüber nachdachten, ob es gut war, Avocados zu kaufen.

Beate unten am Salzbach, mit der Anna auch darüber sprach, lächelte milde. Wenn man sich bei jedem Einkauf überlegen musste, wie lange das Geld noch reichen würde, dachte man weder an Avocados noch daran, wie viel Wasser deren Ernte verschwendete. Beate, die sonst fast immer ruhig war, dachte schließlich laut darüber nach, wie ungerecht es war, die Verantwortung allein den Kunden zu überlassen, während die Industrie von freiwilliger Selbstverpflichtung schwärmte. *Die Politik ist einfach zu dämlich für den Klimaschutz*, sagte Beate schließlich.

In diesen Augenblicken waren sich Anna und Beate sehr nah. Anna wünschte sich dann, Beate würde auch bei ihnen oben am Berg wohnen können. In das leerstehende Reihenhaus gegenüber einziehen, das die Eigentümer nie bewohnen wollten, sondern es notdürftig über die Jahre hinweg zu einem Spekulationsobjekt verwandelten und den Innenausbau trotz mangelnder Kenntnisse irgendwie hinbekamen. Bei der Außenanlage hatten sie dann keine Lust mehr und ließen sie verfallen. Das Unkraut stand inzwischen meterhoch.

In der Immobilienanzeige stand wagemutig: Die Außenanlage kann nach eigenen Wünschen gestaltet werden. Dazu brauchte es inzwischen noch mehr Kleingeld als vor ein paar Jahren. Und auch das ganze Haus war sein Geld nicht mehr wert. Das merkten auch viele Interessenten, weshalb es lange Zeit leer stand. Die Nachbarn witzelten schon untereinander, ob sie nicht zusammenlegen sollten, nur um das Haus dann wieder abzureißen. Nein, inzwischen verstand man auch hier oben die Welt nicht mehr.

Schließlich fand das Haus mit den kleinen Fenstern doch einen Käufer, weil immer mehr Menschen in einer Stadt leben, aber in einem Dorf wohnen wollten und es kaum noch Angebote gab. Anna und die Nachbarn konnten nicht verstehen, warum man so viel Geld für so ein

Haus bekommen konnte. Der vorherige Eigentümer freute sich, niemand schritt ein, keiner fand die richtigen Worte. Manche Dinge änderten sich nie.

Und doch gab es erste Zeichen der Veränderung, zwar nicht bei den Mondpreisen von Immobilienobjekten, aber zumindest beim Klimaschutz. Denn immer mehr erwachte bei den Menschen ihr schlechtes Gewissen. So wie bei Vanessa, die wusste, dass inzwischen auch einige Lehrer aus ihrem Kollegium die Kinder ermunterten, auf die Straße zu gehen. Am Wochenende aber bevölkerten sie so wie Vanessa Skipisten oder Wochenenddomizile, die mit dem Auto erreicht wurden.

Vanessa kannte nur wenige, die so wie Anna oder Sandra lieber zu Hause blieben und sich an ihrem Garten und an der näheren Umgebung erfreuen konnten. Manchmal redete Vanessa mit Sandra darüber. Aber auch Sandra fand inzwischen, dass zum Wohlstand nicht mehr unbedingt ein Auto gehörte, das jederzeit Mobilität gewährleistete.

Mit Anna wollte Vanessa nicht immer über dieses Thema reden. Das machte sie nur, wenn sie es aushalten konnte, dass Anna in die Zukunft schaute. *Wohin willst du denn fliegen, wenn die Malediven, New York oder Venedig unter Wasser stehen*, fragte Anna dann. *Oder meinst Du, die Sintflut findet neben uns statt?*

Anna sprach immer wieder auch vom Nichtstun, während Vanessa noch grübelte, ob es wirklich so kommen musste. Sie fühlte sich auf intellektueller Ebene ausgebremst, weil nun durch den Klimawandel alles so einfach war. Der Klimawandel war nicht komplex, wenn Anna darüber sprach. Vanessa kam sich dann sehr naiv vor und sie vermied Annas direkten Blick. Sie wusste, wenn Anna ihr zunickte und ihr den Arm streichelte, dass Anna zwar jeden einzelnen Menschen, aber sehr wahrscheinlich nicht die Menschheit liebte.

Vanessa spürte, dass sie noch etwas Zeit brauchte, während Anna weiter vom Stillstand in Politik und Gesellschaft sprach und nicht aufhörte, Vanessa dabei fest in die Augen zu schauen. Vanessa dachte dann an das kleine Mädchen, das sie vom Fernsehen her kannte. Sie war nicht die einzige, dachte Vanessa. Anna konnte genauso gut fokussieren, während Vanessa sich wieder auf den Spielplatz zurückwünschte. Dort wäre sie eine geduldigere Zuhörerin gewesen. So wie am Anfang, als sie am Rand der Sandkiste saßen und Vanessa mit einer kleinen Harke Linien in den Sand gezogen hatte. Ein Zen-Garten entstand so vor ihren Augen. Linien so fein wie die Lebenslinien in ihrer Hand. Und so vergänglich, wenn der Wind darüber ging.

Vanessa stellte sich dann vor, dass diese Welt, von der Anna sprach, nicht in Amerika oder auf den Malediven lag, sondern in Salzbach. Dann war der Klimawandel nicht mehr so ein komplexes Gebilde, über das man diskutieren konnte, sondern äußerst simpel. Die Graustufen waren hinweggewischt, und es ergab sich nur eine logische Konsequenz: Das Tempo ließ sich nicht vorhersagen. Vanessa aber ahnte, dass es wahrscheinlich schneller sein würde, als sie es sich im gemütlichen Wohnzimmer vor dem Fernseher vorstellen konnte.

Vanessa kam schließlich auf anderem Weg zu der Idee, dass Klimaschutz wichtig war. Als Geschichtslehrerin begriff sie, dass es in puncto Erderwärmung zu spät war, wenn die Menschen irgendwann aus der Geschichte lernten. Sie mussten jetzt lernen und jetzt die Verschwörungstheorien über Bord werfen, um nicht alle irgendwann auf der Arche Noah zu landen und ihnen nur noch die Lust am Diskutieren bleiben würde.

Vanessa fühlte, dass es kein Richtig oder Falsch gab. Kein Schwarz oder Weiß. Keine ewigen Diskussionsrunden. Wenn Vanessa sich vorstellte, dass diese Welt, von der Anna sprach, in Salzbach lag, dann kam sie zu dem Schluss, dass sie sich gerade selbst aufs Spiel setzten. Das Lebenselixier Salzbach, die Zukunft für ihre Kinder. Je öfter Vanessa sich öffnete und mit Anna darüber sprach, desto mehr schrumpfte die Bereitschaft zum Zweifeln, und auch Vanessa begann, jeden einzelnen Menschen und sein Potenzial zu lieben.

Träume

Weihnachten war für alle der schönste Teil des Jahres, weil buchstäblich die Zeit stehenblieb, in Salzbach, das für eine Großstadt zu klein und für ein Dorf zu groß war. Eine typische Kleinstadt, übersichtlich und zu Weihnachten verschlafen, wenn die eine Hälfte verreist und die andere Hälfte zu Hause war. Dann stellte sich eine Stille ein, und man fühlte sich zwischen Weihnachtsbäumen und Zimtsternen noch mehr wie in einer heilen Welt.

Bei vielen reichte die typische Weihnachtsstimmung jedoch nicht mehr aus. Sandras schwäbische Verwandtschaft war in den letzten Jahren besonders erfinderisch geworden, wenn es darum ging, das Weihnachtsfest abwechslungsreich zu gestalten. Per WhatsApp wurden sich gegenseitig Fotos von Weihnachtsbäumen zugeschickt und abgestimmt, welcher der schönste ist. Das war selbst der gutmütigen Sandra irgendwann zu viel und sie boykottierte diese Aktion, indem sie das abgelutschte Krokodil ihres Sohnes vor den Weihnachtsbaum legte und nur diesen Ausschnitt fotografierte.

Vanessa backte diesmal keinen Apfelkuchen, sondern Unmengen Variationen von Weihnachtskeksen, die sie in der Nachbarschaft verteilte. Anna war froh, einmal nichts tun zu müssen, während sie ihrem Mann dabei zusah, wie er das ganze Haus auf Weihnachtsfestniveau brachte.

Zwischen diesen Vorbereitungen hatten die Nachbarinnen Zeit und genügend Gelegenheit, um sich von den Küchenfenstern aus zuzuwinken.

Zu Silvester sahen sich die drei Nachbarinnen dann eigentlich nie. Vanessa war fast immer verreist. Bei Sandra, die zu den Feiertagen nicht allein sein konnte, gaben sich Freunde und Verwandte die Klinke in die Hand. Und Anna war mit ihrer Familie allein zuhause und betrachtete das Feuerwerk und den darauffolgenden Nebel im Dunkeln hinter den Fenstern. Ihre Kinder waren mindestens genauso schreckhaft wie sie. Es war Anna nur schwer möglich, Freude zu empfinden, wenn Millionen von Euro in die Luft gejagt wurden, Hände und Finger abgerissen wurden und dann auch noch der Bürgermeister der Stadt philosophierte, man könne diese Tradition und dieses Brauchtum doch nicht verbieten.

Sandra und Vanessa waren da völlig anders. Ihre Freude war echt, nicht so gestellt und gehemmt wie bei Anna, der man an solchen Tagen lieber aus dem Weg ging. Anna wünschte sich dann, sie wäre ein bisschen so wie Sandra, die wie immer gut gelaunt war und mit Wunderkerzen bestückt durch den Garten lief. Sandras Kinder liefen ihr als verkleidete Leuchtraketen hinterher.

Annas Kinder schrien hingegen laut auf, wenn sie nur andeutete, dass man das Fenster auch kurz aufmachen könnte. Gottseidank klingelte Sandra an Silvester nie bei ihr, da sie nicht an Anna dachte und genug mit ihren Gästen zu tun hatte.

Seitdem es WhatsApp gab, fiel es Anna leichter, zum Neuen Jahr zu gratulieren. Sie verausgabte sich auf ihre Weise und verschickte Glückwünsche mithilfe eines Leuchtfeuerwerkes, das irgendwo anders auf der Weltkugel bereits aufgezeichnet worden war.

Wenn die Männer im neuen Jahr wieder arbeiten mussten, trafen sich die Frauen zum Kaffee. So wie im ersten Jahr, als sie sich noch nicht so gut kannten, die Kinder aber quengelten, weil sie unbedingt mit den Nachbarskindern spielen wollten und der Spielplatz für ein gemeinsames Beisammensein klimatisch nicht der richtige Ort war.

Wann arbeitet ihr wieder, diese erste Frage war immer die Schlimmste. Anna sagte dann fast immer: *Am liebsten würde ich gar nicht mehr arbeiten.* Und Vanessa, die gerne mit Anna diskutierte, ließ sich darauf ein. Und dann konnten sie stundenlang über die Vor- und Nachteile diskutieren, was sie nicht müde machte. Im Gegenteil, Sandra hatte den Eindruck, als liefen sie gerade dann zur Höchstform auf, wenn Vanessa erwiderte, es würden schließlich Ärzte und Lehrer gebraucht werden.

Bevor Anna ihren berühmten Satz: *Arbeit müsse sich auch lohnen*, herausbuchstabierte, lenkte Sandra meistens ein. Sandra, die zwar auch von Gerechtigkeit in Zeiten der Vollbeschäftigung träumte, und einem Leben, das vereinbar war mit Beruf und Familie, wollte vor allem eins: keinen Streit. Und da für Sandra die Freude am Kaffeekränzchen, wo man vor allem über belanglose Dinge sprach, wichtiger war als politische Diskussionen, hielt sie schließlich die dampfende Kaffeekanne bedrohlich hoch über die Köpfe der anderen, so als würde sie eine große Glocke in der Hand halten. Dann etwas lauter, fast bedrohlich schrill: *Wollt ihr noch Kaffee?* Damit war die Diskussion beendet, der Kaffee noch heiß, die erste Runde geschafft. Nun konnten die Frauen zu harmloseren Themen übergehen, die Sandra spielerisch fand, weil sie früher als kleine Spionin an der großen Kaffeetafel ihrer Familie gesessen und diese wie Lehrstunden verinnerlicht hatte. Anna und Vanessa atmeten tief durch und verneigten sich vor ihrer perfekten Gastgeberin.

Wenn die Feiertage vorbei waren, begann für Anna die schlimmste Zeit. Den Weihnachtsbaum entsorgen, die Weihnachtsdekoration zurück in die Kisten packen, damit man sie hoffentlich unversehrt am nächsten Weihnachtsfest wieder an dieselbe Stelle legen konnte. Ein Abschied, noch bevor das Jahr richtig begonnen hatte. Ohne Chance auf Verlängerung, wenn man sich nicht lächerlich machen wollte.

Als Anna nach wenigen Tagen der Ruhe wieder in ihre Mails schaute, wusste sie schon, dass das Postfach, so wie bei allen anderen auch, vollgefüllt sein würde mit Mails, die lieber gleich entsorgt wurden, Mails, die sie bis Ostern liegen lassen konnte, und Mails, die am besten noch im letzten Jahr beantwortet worden waren.

Anna liebte ihren Beruf, aber sie hatte sich schon während ihres Studiums oft die Frage gestellt, ob es nicht mehr im Leben gab als den Rhythmus aus Arbeiten, Essen und Schlafen. Wenn sie Patienten betreute, denen es sehr schlecht ging, zweifelte sie umso mehr an der Planbarkeit ihres Lebens. Darum hasste sie es auch, nach Tagen der Leichtigkeit, wieder arbeiten zu müssen. Für sie war der Arztberuf nichts Absolutes, keine Fügung, der sie sich unter allen Umständen hinzugeben hatte.

An einem dieser trüben Januartage kam ihr deshalb auch die Idee, mit den Nachbarinnen über ihre Träume zu sprechen. Nicht halt zu machen vor den großen Dingen im Leben, die man sonst immer beiseiteschob, weil sie doch eh zu unrealistisch waren. Sie nahm sich einen Zettel und schrieb in großen Buchstaben *Ich für mich* darauf. Sie musste auch nicht lange nachdenken und fand viele Dinge abseits der gefüllten Weihnachtskisten. In Kisten, die auch verstaubt waren, aber die durch ihre Fantasie wieder geöffnet wurden.

Anna musste feststellen, dass es einfacher war, mit Vanessa und Sandra über ihre guten Vorsätze als über ihre Träume zu sprechen. Denn Sandra lief bereits verträumt durch den Alltag und wollte sich auf die großen Fragen nicht einstellen, schon gar nicht nach Silvester. Und Vanessa hatte sich ihren letzten Traum gerade erst erfüllt. Vanessas Traum war schon immer ein Ferienhaus gewesen, das sie sich jetzt, da die Immobilienpreise in Italien gerade in den Keller fielen, gekauft hatte.

Anna, die ihre Weihnachtskisten diesmal ganz vorne im Keller stehen ließ, packte dann auch diesen kleinen *Ich für Mich* Zettel mit rein. Sie steckte ihn in einen der Nikolausstrümpfe, wo sie ihn bestimmt wiederfinden würde, wenn sie nächsten Nikolaus die Strümpfe befüllte.

Das Verstecken im Nikolausstrumpf war ein kleiner Aufschub, so machte sie es die nächsten Jahre oft. Jedes Jahr ein neuer Traum, der sich erfüllen konnte. Klavier spielen, nach Norwegen fahren, mal wieder ins Kino gehen, Perlen auffädeln, Deutschland kennenlernen, Verabredungen mit dem Leben nicht verschieben.

Irgendwann kam Anna im Winter anstelle des Austauschens von Träumen und Wünschen auf die Idee mit dem Poesiealbum. Als Vanessas Sohn wieder ein Album vorbeibrachte, diesmal eines der Kategorie *Meine Schulfreunde*, begann sie, auch eine Seite auszufüllen, ganz hinten, damit es nicht so auffiel.

Bevor Annas Sohn sein Poesiealbum bei Vanessa und ihrem Sohn abgab, legte Anna ein Post-It in die letzte Seite und beschriftete es mit: *Liebe Vanessa. Für Dich.* Und ihr Sohn schrieb mit seiner krakeligen Zweitklässlerschrift darunter: *Bite ausfulen.*

Nachdem die Frauen in den Poesiealben ihrer Kinder auch Seiten über sich ausgefüllt hatten, kam Anna auf die

Idee, eine eigene Seite nur für ihre Nachbarinnen zu erstellen, mit Fragen für Erwachsene. Sie war erstaunt, dass dies bei den anderen auf Gegenliebe stieß.

Als erstes verteilte Anna den Zettel, den sie bereits ausgefüllt hatte. Und um Vanessa und Sandra zu ermutigen, ehrlich zu sein, hatte sie zum Schluss auf die Frage, was ich mir für euch wünsche, geantwortet: Dass wir gemeinsam alt werden.

Und so kam es, dass nach sieben Jahren gemeinsamer Nachbarschaft die drei Frauen dann doch einen gemeinsamen Traum träumten: den vom Älterwerden. Vanessa und Sandra lachten auf, als Anna den letzten Satz vorgelesen hatte.

Du willst mit uns alt werden?
Wieso nicht?
Habt ihr was dagegen?
Wenn du so fragst, eigentlich nicht.
Ist nur schwer, uns mit Rollator vorzustellen.
Aber so weit will ich gar nicht denken.
Du hast ja Recht. Aber es wäre trotzdem nett, wenn wir uns dann noch kennen.
Vor allem wiedererkennen...
Hauptsache, wir können hier wohnen bleiben und müssen nicht wegziehen.
So weit kommt es noch. Ich will hier nicht mehr weg.
Ja, es ist schön hier.
Es ist wirklich schön.

Wir haben Glück, keine Frage.
Mit dieser gegenseitigen Antwort begann die Beständigkeit ihrer Freundschaft zu wachsen. Sie wuchs heran, als alle drei Frauen am glücklichsten waren.

Das Jahr, das nicht endete

Aber das Glück war zerbrechlich. Das Coronavirus kam und ging nicht so schnell wieder. Eine ziemlich lange Ewigkeit, in der vieles anders war. Es war ein bisschen wie in einer anderen, einer leiseren Welt. Eine Zeitenwende.

Auf andere wirkte diese leise Welt beängstigend, aber Anna kannte sich gut damit aus. Es machte ihr nichts aus, dass es Kontaktbeschränkungen gab, weil sie Menschenansammlungen sowieso immer gemieden hatte.

Das Leben war abgesagt, aber Annas Leben ging weiter. Während des Lockdowns war sie eine der wenigen, die weiterhin zur Arbeit gingen. So wie Beate, die jetzt endlich wieder einen Job als Aushilfe im Supermarkt gefunden hatte und die Regale auffüllte. Anna traf sie dort regelmäßig, wenn sie um sieben Uhr morgens vor der Arbeit noch schnell einkaufen ging. Unter der Maske lächelten sie sich an. Keiner sah das Lächeln der anderen, aber sie spürten es durch die mehreren Schichten hindurch, dass sie sich zugehörig fühlten. Für beide hatte sich durch den Lockdown nicht viel verändert, nur die Sorge um die Familie und Freunde war etwas größer geworden.

Es schien, dass Anna die Einzige war, die auf den Lockdown wirklich gut vorbereitet war. Denn Anna hatte nicht nur das Glück, dass sie bereits seit einigen Jahren ein Abonnement für Gemüse und Öko-Toilettenpapier abgeschlossen hatte. Sie konnte weiterarbeiten, ohne sich Sorgen um Kurzarbeit machen zu müssen. Und auch ihr Mann forschte weiter an seinen Vorbildern aus der Natur. Er hatte zwar nicht unbedingt weniger zu tun, aber konnte sich die Zeit einteilen, so dass er jetzt mittags, bevor Anna nach Hause kam, zum Koch wurde.

Sandra hingegen traf der Lockdown völlig unvorbereitet. Da sie sich nie wirklich für Nachrichten interessiert hatte, stand sie in der ersten Woche des Lockdowns an der Schlange vor der Kasse und wunderte sich, warum fast jeder eine Packung Klopapier vor sich hertrug. Davor hatte sie noch vor einer halbleeren Klopapierpalette gestanden und war wieder umgedreht, weil sie eigentlich nicht vor der Palette, sondern vor einer Menschentraube gestanden hatte. Einzeln kamen die Kunden aus dieser Ansammlung heraus. Und jeder hielt eine Packung Klopapier wie eine Trophäe in den Händen. Jetzt stand Sandra ohne Trophäe, aber immerhin mit ihren üblichen Einkäufen an der Kasse und verstand die Welt nicht mehr.

Warum das alles? Das fragte sie später Anna, die gerade von der Arbeit kam. Anna konnte ihr das zumindest psychologisch erklären. Den Rest der Erklärung übernahm Vanessa, die besser als Anna vom R-Wert und dem exponentiellen Anstieg berichten konnte und dadurch den Eindruck vermittelte, als wäre sie keine Geschichtslehrerin, sondern eine Dozentin für Statistik.

Während der Schulschließung hielt Vanessa weiter an ihrer Motivation fest, auch ohne Präsenzunterricht ihren Schülern etwas beizubringen. Was nicht gerade einfach war, weil ihr Sohn ja nun auch zuhause blieb und die Serverkapazitäten der Schule nicht ausreichten. Andere Lehrer aus ihrem Kollegium kapitulierten schon deutlich früher als der Schulserver und nahmen sich auch eine kleine Auszeit, während der sie nur sporadisch kleine Aufgaben an die Schüler verschickten und den Rest der Zeit mit ihren eigenen Kindern, mit ihren Hobbys oder mit Aufräumen verbrachten.

Vanessa hingegen blühte in der Krise förmlich auf. Sie hatte auf einmal Einfälle, die sie selbst erstaunten. Anstatt sich auf die Verteilung von schriftlichen Aufgaben zu konzentrieren, motivierte sie ihre Schüler zu einem Fotoprojekt, in dem es darum ging, die Zeitgeschichte in Fotos nachzustellen. Jeder durfte sich eine Epoche und eine Person aussuchen. Neben der Pest waren auch die Pharaonen, Entdecker und Ritter im Angebot. Annas Sohn, der bei Vanessa Geschichtsunterricht hatte, machte sich zum Astronauten und zog sich dafür einen der Einteiler seiner Mutter an.

Diesen trug Anna seit einiger Zeit zuhause, einen bequemen Einteiler aus kleinkarierter Baumwolle, der von weitem aussah wie die Astronautenanzüge an den Corona-Teststationen. *Fliegst du zum Mars?* wollte Vanessas Sohn wissen, als er gemeinsam mit seiner Mutter und dem selbst gebackenen Apfelkuchen vor der Tür stand, um ihn an die Nachbarn zu verteilen.

Anna unterdrückte ein lautes Lachen, was angesichts Corona völlig unangebracht gewesen wäre. Sie legte erst dann richtig los, nachdem sie die Tür hinter sich zugezogen und den Apfelkuchen abgestellt hatte. Sie prustete und hustete sich sämtliche potentielle Viren aus dem Hals und musste sich selbst eingestehen, dass in der Tat etwas dran war, dass sie aussah wie vor einem Raketenstart, bei dem wie beim Lockdown schließlich auch bis auf null heruntergezählt wird.

Vanessas Mann war jetzt auch im Homeoffice. Er war dadurch aber nicht präsenter als sonst. Denn er kam nur aus seinem provisorischen Büro heraus, um an den gemeinsamen Mahlzeiten teilzunehmen, was Vanessa gar nicht gefiel, da sie jetzt auch noch für ihn kochen musste. Und das alles neben ihrem Lehrerjob, den sie weiterhin sehr ernst nahm. Nur bei ihrem Mann fiel es ihr schwerer, das mit dem Ernst-Nehmen, wenn er sich weiterhin in den von ihr gebügelten Hemden vor den Monitor setzte. *Wenigstens die Anzughose könntest du dir sparen*, motzte sie leise vor sich hin.

Ihre schlechte Laune trainierte sie bei Sandra ab, die jetzt die Kinder von Anna bespaßte und an manchen Nachmittagen auch Vanessa, die sich bei Sandra endlich fallen lassen konnte, auch wenn es nur in die Krümelwiese eines Sofas war.

Sandras Mann traf sie dort fast nie. Je öfter Vanessa zu Besuch kam, umso mehr zog er sich in den Keller zurück, um zu kurzarbeiten oder aufzuräumen. Er fand es total unsinnig, sich angesichts steigender Infektionszahlen weiterhin mit den Nachbarn zu treffen und nahm dies zum Anlass, um regelmäßig im Keller zu verschwinden. Neben der Telearbeit im Keller war das Sortieren von Legosteinen jetzt seine Lieblingsbeschäftigung geworden. Wenn Sandra ihn ansprach, brummte er, oft sagte er auch gar nichts, sonders saß einfach nur scheinbar zufrieden da, während seine Hände automatisch die Steckkästen befüllten.

Auch Annas Mann hielt nichts von der Clusterbildung zwischen den Nachbarn, und als sich bei Anna in der Klinik die intensivpflichtigen Patienten häuften, war auch sie davon überzeugt, dass es besser war, wenn sie ihre Kinder zuhause bei ihrem Mann ließ und nicht bei den Nachbarinnen. Anna hielt sich nun von vielem fern, was ihr nicht schwerfiel.

Sandra hingegen, die Kontakte zu anderen Menschen brauchte wie das Wasser gegen den Durst, litt sehr unter dem Lockdown. Auf einmal vermisste sie auch die regelmäßigen Besuche ihrer Verwandten, die ihr sonst immer lästig gewesen waren. Die Umarmungen holte sie sich nun bei Vanessa, da ihr Mann ja die meiste Zeit im Keller verbrachte. Und auch wenn er wiederauftauchte, sahen sie und ihr Mann sich kaum an, von Umarmungen ganz zu schweigen. Wahrscheinlich benutzten sie auch ihre Ohren kein bisschen. Denn während sie aneinander vorbeiguckten, fühlten sich nicht nur ihre Blicke, sondern auch ihre Stimmen fremd an, so als würden sie in zwei getrennten Aquarien sitzen und verzweifelt versuchen, einander zuzurufen.

Wenn Vanessa nicht bei ihr war und Sandras Mann im Keller hockte, war Sandra bei Facebook unterwegs und postete Bilder von ihren selbstgemalten Bildern. Dort holte sie sich durch Likes und Freundschaftsanfragen die lebenswichtige Portion an sozialer Zustimmung, und kam mit den Nachbarinnen überein, dass es eigentlich etwas seltsam war, warum sich auch junge Menschen zunehmend einsam fühlten, obwohl für viele der Lebensmittelpunkt inzwischen in sozialen Netzwerken lag.

    Annas Mutter war das genaue Gegenteil. Sie fühlte sich nicht einsamer als sonst, weil sie bereits seit einigen Jahren im Alleinsein geübt war und auf überflüssige Kontakte schon ihr ganzes Leben verzichtet hatte. Nur über die Nachbarn eine Straße weiter schimpfte sie jetzt öfter. Denn dort begann das Villengebiet, wo sie fast jeden Tag spazieren ging und wo seit dem Lockdown die Gärten verwilderten, weil die polnischen Hilfsarbeiter nicht mehr über die Grenzen kommen konnten. Es standen nun keine Kastenwagen mit polnischen Kennzeichen mehr herum. Aber auf die Idee, dass man selbst auch einmal eine Gartenschere in die Hand nehmen könnte, kam kaum jemand. Das berichtete jedenfalls Annas Mutter, die mit ihren über siebzig Jahren immer noch selbst ihren Garten pflegte.

Ihr Lebensmittelpunkt war nicht das Internet, sondern der Weg zum Baumarkt, wo sie nicht nur Pflanzen kaufte, sondern auch Farbe und damit die Zäune und Fenster strich. Denn seit dem Lockdown musste sie erst einen anderen Handwerker finden. Einen, der ihr nicht ständig erzählte, dass die Rachenabstriche nur gemacht wurden, um eine geheime Gendatenbank zu erstellen und dass die Leute gar nicht an Corona verstarben, sondern an den Strahlen der Satelliten aus dem All. Bevor ein passender Ersatz gefunden war, begann sie jetzt selbst, die kleinen und großen Reparaturarbeiten in die Hand zu nehmen.

Anna, die sich das alles durch das Telefon schildern ließ, wollte sich gar nicht vorstellen, wie ihre Mutter auf der Leiter stand und sich mit Osteoporose in den Knochen der Schwerkraft widersetzte. Sie hätte ihr gerne geholfen. Aber Annas Mutter verbot es ihr zu kommen. *Ich will doch kein Corona bekommen,* sang sie durchs Telefon. Und so besuchte Anna ihre Mutter nur im Sommer und erzählte ihr in den Monaten davor und danach, dass in Salzbach seit dem Lockdown korrekt geschnittene Büsche lauerten und in den Garagen und Straßen die Autos, die nun dank Homeoffice keine Verwendung mehr fanden. Dafür liefen Beamte vom Ordnungsamt Streife, um die im Freien spielenden Kinder je nach Haushalt auseinander zu dividieren.

Von ihrer Mutter bekam Anna nun regelmäßig Postkarten von wegweisenden Bauwerken aus ihrem Hamburger Stadtteil zugeschickt. Auf der Vorderseite der neuesten Karte war ein tristes Foto vom Umbau der kleinen Hafenanlage abgebildet. Grüße aus dem schönen Hafen, stand auf der Postkarte. Und Annas Mutter vermerkte auf der Rückseite: Der Plattenbau stellt alle kreativen Ideen aus der Bürgerbeteiligung in den Schatten. Die Entfernung der Platanen gibt nun den Blick frei auf dieses städtebauliche Glanzstück, einen Hotel- und Einkaufskomplex ohne jegliches Grün.

In Salzbach waren die Menschen jetzt viel mehr draußen unterwegs. Auf der Wiese vor dem Wohngebiet lief seit neuestem die *Flugfrau* mit einer Schwimmnudel den Berg hoch, sehr zur Freude der Kinder, die nun wussten, dass man eine Schwimmnudel auch als Abstandshalter benutzen konnte.

Manche Ideen zeigen doch nur, wie verwirrt und verängstigt die Menschen geworden sind, philosophierte Anna, die an das Event auf dem ehemaligen Golfplatz denken musste, auf dem die Gegner des Lockdowns zu himmlischen Klängen den Verzicht auf die Maskenpflicht feierten. Denn der vierhundert Euro teure Kristall auf der Bühne schützte garantiert auch vor Coronaviren.

Im Livestream hatte sich Anna die Demonstration angeschaut und war zu dem Schluss gekommen, dass es mehr eine Party von Hippies und Esoterikern war als von den Menschen, die die Krise wirklich belastete. Sandras Mann zum Beispiel, der sich in Kurzarbeit befand und nun weniger Geld bekam, oder Susanne, die durch das Homeschooling mit ihren vier Kindern jetzt noch mehr belastet war als vorher. Aber beide hatten gar keine Zeit, um auf Demonstrationen zu gehen. Das taten dafür andere, so wie die Hausiererin, die jetzt nicht mehr Flugblätter zum Klimawandel, sondern für Anti-Corona-Demos verteilte.

Im Herbst, als die Infektionszahlen wieder deutlich anstiegen, kam sogar eine Lehrerin mit ihrem etwa 13-jährigen Sohn vorbei und verteilte Handzettel über die drohende Impfpflicht und die Fragwürdigkeit des Maskentragens. Zufällig geriet sie dabei an Vanessa, die gerade im Vorgarten war und nur staunen konnte über die Behauptung, dass die Kinder bei ihr im Unterricht reihenweise umfallen, weil sie Schadstoffe aus den Masken einatmen würden. Vanessa war sprachlos und wusste im ersten Moment nicht, was sie sagen sollte. Schließlich fand sie nach ein paar Sekunden des Zögerns ihre Schlagfertigkeit wieder und entgegnete: *Dann kauft halt nicht die billigen beim Discounter.* Aber die Frau wollte gar nicht diskutieren, sondern lieber einen Monolog halten. Sie trommelte Vanessa lauter Behauptungen entgegen, denen man nicht antworten, sondern nur die Gegenfrage stellen konnte: *Woher wissen Sie das eigentlich alles so genau?*

Leider konnte Vanessa ihr nicht die Haustür zuschlagen, da sie ja schon im Vorgarten stand. Und so musste sie sich auf dieses merkwürdige Gespräch einlassen, währenddessen der Sohn dieser Frau immer weiter hinter Vanessas Hecke verschwand.

Irgendwann wusste sich auch Vanessa nicht mehr anders zu helfen und fragte: *Können sie nicht auch anders diesen schönen Herbstsonntag verbringen?* und erreichte damit zumindest, dass Mutter und Sohn in Richtung der anderen Vorgärten verschwanden.

Dass Polizisten von Maskenverweigern bespuckt wurden und dass Jogger nun Gefahr liefen, mit Pfefferspray eingenebelt zu werden, um sie auf Corona-Abstand zu halten, erfuhren die Frauen aus den Nachrichten. Oft diskutierten sie darüber draußen auf der Straße.

Anna fand, dass die Menschen nicht mehr innehielten, bevor sie etwas taten oder herausgrölten. Dass das Gespür für angemessenes Verhalten immer mehr verloren ging. Und auch Sandra wunderte sich über die zunehmende Respektlosigkeit, die sich vor allem im Internet Bahn brach, aber immer öfter auch in der Realität, wenn sie Maskenverweigerer freundlich ansprach.

Die Nachbarinnen hatten sich da mit der Zeit ihre ganz eigene Taktik überlegt, indem sie erst fragten, *haben Sie ihre Maske vergessen,* und dann behutsam nachfassten, *aber ich fühle mich unwohl, wenn Sie diese nicht tragen.* Diese Wortwahl half zwar nicht immer, aber zumindest war dadurch ein einigermaßen respektvolles Gespräch garantiert, währenddessen einem nicht gleich die Maske vom Gesicht gerissen wurde. Genau dies war Anna am Anfang passiert, als sie noch nicht so diplomatisch vorgegangen war. Sie wurde zum Feind erklärt, obwohl sie nur für das Maskentragen war. Seitdem ging sie genauso wie Sandra etwas vorsichtiger mit ihren Worten um, während Vanessa zur Höchstform auflief und genauso viel Wut den Wutbürgern entgegenhielt.

Anna und Sandra zweifelten, ob so viel Gegenwehr gut war. Denn auf diese Weise wurde das Abwägen von Für und Wider immer mehr zu einem Entweder und Oder. *Man muss doch auch mal zur Ruhe kommen,* war Annas Lieblingsspruch, mit dem sie aussprach, wovor sie sich am meisten fürchtete. Dass die Menschen nicht mehr innehielten und sich am Hass festhielten und daran, welche Wahrheit am einfachsten war.

Da Anna spürte, dass viele Menschen einfach nur Recht haben wollten, begann sie allmählich, sich immer mehr zurückzuziehen. Immer öfter sagte sie nichts von dem, was sie hätte sagen können. Ihr Mund war mit Gedanken gefüllt, die sie nicht rausließ, weil sie die Widerworte des

Gegenübers fürchtete. Es strengte sie an, zu reden und zu diskutieren, während Vanessa fand, man dürfe nicht schweigen. Aber Anna hatte irgendwann keine Kraft mehr, dass selbst kleinste Maßnahmen, wie zum Beispiel einfach nur eine gewisse Zeit lang auf das Singen im Unterricht zu verzichten, gleich eine mittelschwere Diskussion nach sich zogen, dass man den Kindern doch nicht das Singen verbieten könne, wo ein gewisses Maß an Kultur gerade in diesem Alter so wichtig sei.

Ja, manchmal konnte Anna nur noch tief durchatmen und ihr Herz verschenken an die anderen Menschen, die total verängstigt waren. Den rücksichtslosen Menschen begegnete Anna inzwischen auch lieber schweigend, was Vanessa entrüstete, weil sie befürchtete, dass sich die anderen dann im Recht fühlen würden. Im Gegensatz zu Anna verinnerlichte Vanessa in diesen Zeiten immer mehr die Fähigkeit, auch unangenehme Diskussion aushalten zu können. Vanessa argumentierte jetzt mit dem Jodelfest „Uf immer und ewig", das in der Schweiz eine Infektionswelle ausgelöst hatte und eckte damit hartnäckig, aber letztendlich erfolglos bei den Musiklehrern, der Musiklobby und dem Schuldirektor an.

Dafür fanden schließlich die Kinder, nicht die Lehrer, ihre eigene Strategie, um sich dem Musikunterricht zu entziehen. Vanessas Sohn, der seit den Herbstferien zwei Lagen Skiunterwäsche trug, stellte sich beim Singen immer ganz nach hinten ans Fenster und bewegte nur die Lippen. Viele der anderen Kinder taten es ihm gleich.

Dafür sang die Lehrerin vorne immer lauter, um die fehlenden Stimmen zu übertönen.

Und ja, es wurden kalte Wintermonate, klimatisch und gesellschaftlich. Die unterschiedlichen Fronten hatten sich schon im Sommer formiert und blühten auf, als der nächste Frühling noch sehr weit entfernt war. Da konnte Sandra auch nicht mit dem Hinweis trösten, dass die Natur selbst in diesem Jahr die schönsten Herbstfarben produzierte.

Sandra fand, es ging doch alles irgendwie weiter, auch wenn viele Dinge etwas schwieriger wurden. Das Leben zu zergrübeln, war nicht Sandras Ding. Etwas sagen, weil es schön klingt, das war jetzt Sandras Devise. Letztendlich war sie in diesem Jahr diejenige, die am meisten Hoffnung hatte und sich nicht entmutigen ließ, auch wenn ihre Verwandten auf hohem Niveau zu jammern anfingen und sich damit beruhigten, dass es ja nicht so schlimm sein konnte, weil sie niemanden kannten, der an Corona erkrankt war.

Vanessa hingegen wurde zur Spaßbremse und übertraf selbst Anna mit ihren Prophezeiungen: *Die Dummheit der Menschen bringt sie letztendlich um!* sagte sie jetzt häufiger. Sandra konnte dies ungewollt bestätigen, wenn sie von ihrer Verwandtschaft und ihrer ganz eigenen Krisenkommunikation in der Großfamilie erzählte. Sandras Cousin hatte Geburtstag und über eine neu erstellte WhatsApp-Gruppe herzlich zu Kaffee und Kuchen sowie Abendessen in seine 3-Zimmer-Wohnung eingeladen. Prompt kamen von sämtlichen Verwandten die Zusagen, dass sie alle gerne kommen würden, auch Sandras Tante, die vor allem bedauerte, dass ihre geliebten Besenwirtschaften geschlossen hatten. Da täte ein bisschen Abwechslung doch ganz gut. *Es bleibd eh älles in der Familie,* war bei jeder Gelegenheit nun zum Familienmotto geworden.

Letztendlich wussten aber alle: Corona war nur ein Ventil. Und in der Krise zeigte sich, wie unterschiedlich die Menschen auf Krisensituationen reagierten. Vielleicht ging es genau darum, diese Polarität auszuhalten. Denn auf jede Frage gab es inzwischen einfach zu viele Antworten. Es ging nicht mehr um das Ganze, sondern um viele verschiedene Einzelinteressen.

Annas Gedanken verhedderten sich dabei, wenn sie an die unterschiedlichen Informationen und Meinungen dachte. Sie wusste, irgendwann ging es nicht nur darum weiterzuleben, sondern auch sein Leben zu leben. Sie verstand ihre Patienten, die an Einsamkeit litten. Sie verstand, dass wenn Altersheime plötzlich zu Hochsicherheitstrakten wurden, die Bewohner zwar geschützt wurden, aber oft auch viel Leid ausgelöst wurde, das in keiner Statistik vorkam. Demente Menschen, die aufhörten zu essen, weil die Angehörigen nicht mehr kommen durften, um das Mittagessen anzureichen. Auch das waren Todesfälle, die durch Corona bedingt waren.

Anna verstand auch, dass sich die Angst langsam abnutzen konnte. Sie verstand die Rebellion der jungen Menschen, aber sie sah auch, dass das Virus keine Rücksicht nahm. Dies schien sich auch auf die Menschen zu übertragen, die jetzt auch keine Rücksicht mehr nehmen wollten, weil sie endlich einmal an etwas anderes als nur an Coronaviren denken und nicht ständig eine Gänsehaut mit sich herumtragen wollten. Es war ein Balanceakt, vielleicht der schwierigste seit Jahren, weil jeder Mensch unmittelbar davon betroffen war.

Für Vanessa war das Thema Urlaub besonders schlimm, weil sie jetzt nicht mehr in ihr Ferienhaus nach Italien fahren konnte. Immer nur dieselbe Aussicht, auch wenn es die Aussicht in ihren schönen Garten war, begann sie zu langweilen. Und weil es sie persönlich betraf, war der ausgefallene Urlaub das Einzige, worüber sie in diesen Zeiten schimpfte. Ansonsten hielt sie sich an die Distanz, die die Nachbarinnen miteinander verband. Und die sie schon lange vor Corona kultiviert hatten, als sie sich über die Fensterfronten hinweg gegenseitig zugewunken hatten.

Es war eine Distanz, die Nähe zuließ, weil sie sich zurückhaltend und freundlich zuwinken konnten. Auf diese Weise war zwischen den Frauen eine Atmosphäre der Achtung entstanden. Die Erkenntnis, dass sie es gut miteinander meinten, machte es leichter, in dieser schwierigen Zeit zu leben.

Manchmal wünschte Anna sich auch eine dicke Glasscheibe zwischen ihr und den Tagen in der Klinik, damit sie alles mit Abstand betrachten konnte. Denn als der Applaus vorüber war und damit auch das Gefühl, einen besonderen Job zu machen, fand sie immer seltener die Motivation zur Arbeit zu gehen. Manchmal empfand sie es sogar als eine große Last, die nicht abnahm, weil die Kranken nicht weniger wurden, sondern sich zu vermehren schienen.

Sie kannte dieses Gefühl von früher, als ihr Vater gestorben war und ihr alles zu viel wurde. Damals half ihre Erschöpfung, dass sie vergessen konnte. Dass sie den Verlust ihres Vaters zurück in die Fotoalben stecken konnte, nachdem sie nächtelang nicht geschlafen hatte. Als das Gähnen überhandnahm und sie sich zwischen Leben und Leiden entscheiden musste. Auf diese Weise holte sie sich ihr Leben zurück. Leider wurde ihr dadurch klar, dass ihr Beruf nicht hundertprozentig zu ihrem Leben gehörte. Auch in diesen Zeiten wurde ihr Fell nicht dicker, sondern dünner.

Gegenüber Sandra und Vanessa rückte sie schließlich ihre Worte zurecht und sagte, dass es ihr gut ginge, auch wenn der Ton in ihrer Stimme das genaue Gegenteil verriet. Die An -und Abfahrbewegungen des Lebens, das tagtägliche Aufstehen, das Ankommen zuhause, immer mehr wollte sie bleiben, mit dem Lockdown einen Pakt schließen, dass ihr Leben zuhause sich verlängern könne.

Genau dieser Kampf machte sie müde, so dass sie nachmittags manchmal schlief wie ihre Katze, mit dem Unterschied, dass Anna beide Gehirnhälften ausgeschaltet hatte und wie zum zusätzlichen Schutz in ihren Overall gehüllt war.

Als sie wieder aufwachte, hatte sich nichts verändert. Sie war wieder da, es war ein ganz gewöhnlicher Nachmittag, morgen würde es neue Inzidenzzahlen geben. Jeder Tag eine Kopie, bestenfalls ein Entwurf, aus dem man nicht aussteigen konnte. Denn Ausnahmen gab es keine. Auch nicht die obligatorische Frage ihres Mannes *Alles in Ordnung?*, die sie aus ihren Tagträumen gerissen hatte.

Multiresistent wie ihr Mann war sie definitiv nicht. Seit ein paar Wochen beantwortete sie diese Frage nicht mehr so routiniert. Anstatt einem Ja erwiderte sie: *Man muss die Uhr nicht auch noch zurückstellen. Ich brauche keine zusätzliche Stunde in diesem verdammten langen Jahr.* Während sie dies sagte und ihr Mann ihren Kopf streichelte, konnte sie wenigstens die aufkommenden Tränen unbemerkt wegblinzeln. Sie fasste nach seiner Hand. Das erste Mal seit Wochen griff sie ein bisschen fester, vielleicht um ein bisschen von ihrer Wut und Trauer abzugeben. Nicht allein traurig zu sein, das half eigentlich immer.

Vanessa und Sandra spürten, dass es Anna nicht gut ging und dass sie damit anfing, das zu sagen, was die anderen hören wollten und nicht was sie wirklich dachte. Und da nicht nur Anna, sondern auch Sandras und Vanessas Männer zunehmend unzufriedener wurden, kamen die Frauen schließlich auf die Idee, eine Liste zu schreiben, was die letzten Monate alles positiv gewesen war. Als Gegenpol zur schlechten Laune, die sich allmählich auch bei ihren Kindern einzunisten schien, die mehrere Schulschließungen und Klassenquarantänen hinter sich gebracht hatten. Immer nur auf das Ende zu warten, war keine gute Strategie. Sich auf das zu fokussieren, was gut war, war ihre Art, gemeinsam mit der Krise umzugehen und ihre eigene Geschichte zu erzählen:

Unter dem Mundschutz brauche ich keine Schminke.

Fiese Pickel und Zahnspangen sind jetzt unsichtbar.

Was unsere Männer alles aufgeräumt und renoviert haben!

Ich habe wieder mehr Zeit für die Familie.

Wenigstens unsere Hobbys haben wir nicht vernachlässigt.

Viele oberflächliche Kontakte sind inniger geworden, mit der Friseurin, den Verkäuferinnen in den Läden, dem Typ an der Tankstelle.

Wir haben jeden Samstag Essen beim kleinen italienischen Restaurant um die Ecke geholt.

Die Schule hat nun mehr Serverkapazitäten.

Unsere Kinder sind selbstständiger geworden.

Riesige Erleichterung, als Pakete mit FFP2-Masken eintrafen.

Weil ich Nudeln und Mehl ergattert habe, wurde ich zuhause als Held gefeiert.

Endlich haben sich die Kinder wieder auf die Schule gefreut.

Die Nachbarn haben wir jetzt öfter als sonst am Gartenzaun getroffen.

Ich habe wieder mehr in den Geschäften vor Ort eingekauft.

Im Urlaub haben wir megafreundliche und für jeden Gast dankbare Wirte, Eisverkäufer und Kioskbetreiber erlebt.

Ich habe wieder mehr Bücher gelesen.

Die Tageszeitung lag nicht mehr wochenlang ungelesen neben dem Klo.

Der Werktagswecker klingelt jetzt deutlich später.

Wir sind ganz oft draußen gewesen.

Ich habe den allerschönsten Garten ever und noch nie so viel Zeit dort verbracht.

Ich bin wieder öfter Joggen gegangen.

Die Nachmittagssonne hat mir gutgetan.

Eigentlich sind es Kleinigkeiten, die Freude bereiten…

Zum Schluss waren sie sich einig: Eine Krise kann auch neue Wege schaffen.

Platz für eine eigene Liste:

Trennung

Zwischen Sandra und ihrem Mann hatte sich spätestens seit der Coronazeit ein Vorhang gesenkt. Sandra hatte es nicht gleich gemerkt, dass etwas anders war. Das Essen, das ihr Mann mit viel Aufwand kochte, schmeckte noch wie früher, die Küsse aber nicht. Er blinzelte ihr auch nicht mehr zu. Sie fragte nicht nach. Er war still geworden. Sie fragte nicht nach, weil sie die Antwort fürchtete. Denn sie wusste, die Aufmerksamkeit und das Lob, das er vermutlich auch brauchte, gab sie nur ihren Kindern.

Es traf beide keine Schuld. Niemand sah es kommen. Wenn Liebe nur noch aus Anerkennung besteht, ist es bereits zu spät. Sie waren nicht mehr die, die sie mal waren. Sie hatten vergessen, dass auch ihre Liebe gefüttert werden musste. Nicht mit irgendeinem billigen Fastfood, sondern am besten mit einem Vier-Gänge-Menü.

Erst als Sandra merkte, dass ihr Mann jeden Grashalm im Garten einzeln aufrichtete, wusste sie, dass er, der Gartenarbeit eigentlich hasste, sich neu erfinden musste. Dass er sich selbst verloren hatte. Sandra fiel nichts anderes ein als ihm zu winken. Ohne seine Reaktion abzuwarten, drehte sie sich um und setzte sich wieder an den Küchentisch. Ihr wurde auf einmal klar, dass er nur ohne sie Verlorenes wiederfinden würde. Dass er sie dafür verlassen musste, dachte sie nicht.

Ihr Mann sah von draußen, wie sie die Augen schloss. Er machte es ihr nach, und auf einmal wurde alles dunkel, was vorher hell gewesen war. Als Sandra die Augen wieder aufmachte, blendete sie die Sonne von draußen, und sie sah für einen Moment ihren Mann nicht mehr. Das erste, was sie sah, war, an welchen Stellen der Fensterscheibe er vergessen hatte zu putzen. Das musste passiert sein, als er gestern seit langer Zeit seiner zweitunangenehmsten Lieblingsbeschäftigung, dem Fensterputzen, nachgegangen war. Sie hatte ihn auch diesmal nicht gefragt warum.

Und doch war Sandra überrascht, als der Vorhang endgültig zwischen sie fiel. Obwohl die Vorzeichen da waren, verwischte sie die Vorwarnung genauso wie ihre Farben als ein leichtes und flüchtiges Gefühl. Denn es war Liebe, die erste und einzige Liebe, wenn auch nur für sie.

Erinnerungen, die aufplatzten. Wie Blasen an den Füßen, die man bestenfalls gar nicht erst anrührt. Sonst wird es schlimmer, so wie Sandras Erinnerungen, die inzwischen wehtaten, wenn sie zu viel an sie dachte. Wie sie mit ihrem Mann im Gras gelegen hatte, irgendwo in den Weinbergen, als sie noch nicht verheiratet waren. Wie sie sich berührt hatten und aus Minuten Stunden werden konnten. Sich nie wieder loslassen, das schworen sie sich damals auf dieser Picknickdecke, dessen Herzmuster aus zeitlicher Distanz betrachtet langsam zu einer Anordnung aus Pixeln verschwamm.

Der Moment, als er ihr entgegenlief, damit sie ein Foto machte. Sie sah das Foto wieder vor sich. Sie brauchte es nicht aus dem Schrank im Keller aus dem Fotoalbum zu holen. Es hatte sich eingraviert in ihr Gedächtnis und war von einem Moment zum anderen zu einem Beweisstück ihrer Liebe und ihres Versagens geworden. Am Ende waren sie beide wie die gegenüberliegenden Seiten eines Reißverschlusses, die sich ineinander verhakt hatten, weil sie zu wenig oder zu viel strapaziert worden waren.

Manchmal hatte Sandra das Gefühl, als stünde sie in einem Aufzug und warte darauf, dass sich die Türen endlich wieder öffnen. Sie musste dann an Marie denken, die immer große Angst vor Aufzügen gehabt hatte. Aber aus anderen Gründen wie Sandra. Bei Marie war es die Platzangst in den viel zu engen Luftschutzbunkern gewesen. Bei Sandra war es die Angst, dass sie aus dem falschen Film eventuell nicht mehr aufwachen würde.

Wenn Sandra in Traurigkeit und Panik verfiel, atmete sie Farben ein und stellte sich vor, dass in der Mitte ihrer Brust eine große Sonne orangefarbenes Licht abgab. Das half oft sehr gut, aber leider nicht immer. In solchen Momenten, die vor allem abends auftraten, war sie froh, dass Anna neben ihr wohnte, die zu dieser Zeit meistens einen kleinen Spaziergang mit ihrer Katze machte. Sandra brauchte dann einfach nur aus dem Haus zu gehen und die kleine Anhöhe hochzulaufen, wo sie Anna sah und irgendwo auch ihre Katze, die hinter ihr herlief. Wenn

Sandra näherkam, schauten Annas Augen in eine unbekannte Ferne, die jenseits von Salzbach liegen musste. *Es ist schön hier draußen*, sagte Sandra dann zu ihr, weil sie sich irgendwie bemerkbar machen wollte. Und auf einmal fühlten sich ihre Worte mithilfe Annas ruhiger Gegenwart wie eine Schutzschicht an.

Für Anna schmeckten die Geschichten der Menschen wie kleine Pralinen. Die bittere Füllung vermischte sich mit der Schokolade zu einer süßen Mischung, die gut aufgehoben war bei ihr. Auch wenn manches so schwer war, dass sie es lieber gleich herunterschluckte. Sie selbst fühlte sich nicht schwer dadurch. Nur manchmal, je nach Stimmung, schaffte es Anna nicht. Sie konnte keinen Abstand halten und heulte mit. So wie an dem Tag, als Sandra weinend vor ihrer Tür stand und ihr anstelle eines *Guten Morgen* gleich von der Trennung erzählte.

Anna wusste, Sandra litt an einer Krankheit, für die es keine Worte gab. Liebeskummer gepaart mit Wut war schon immer eine schlechte Kombination. Denn Sandras Mann hatte eine Affäre, die sie nicht bemerkt hatte, sondern erst, als es schon zu spät war. Schon länger, nicht mehr ganz frisch, aber doch so ernst und so verliebt fühlte es sich an, dass er sich unverwundbar fühlte. Sandra suchte jetzt nachmittags öfter den Kontakt zu Anna. Sie wusste, Anna würde zuhören. Schließlich hatte Anna schon viel Schlimmeres erlebt. Und so konnte Sandra sich bei Anna auskotzen, besonders wenn die Kinder

Mittagschule hatten. Das tat sie jetzt jede Woche. Heulen, die Messer wetzen, ausflippen, ohne dass jemand den Kopf schüttelte. Zumindest seine CD-Sammlung im Müll entsorgen, sich das Schlimmste ausdenken, seine neue Freundin in Blut tränken, ihn ertränken oder zerschreddern und sich schließlich ausmalen müssen, wie es ohne ihn wäre. Ja, mit Anna konnte sie reden, bis das Unglück verbraucht war. Auch wenn Sandra Annas Vergleiche hasste. *Das sei ja besser als eine schlimme Krankheit zu haben.* Das war das Einzige, was sie an Anna störte.

Das Schlimmste war die wachsende Sprachlosigkeit und nicht die Enttäuschung. Sandra saß nun immer häufiger allein am Küchentisch und hatte nichts als die Erinnerung. Die schönen Jahre waren eindeutig vorbei. Und doch saßen sie und ihr Mann manchmal noch gemeinsam im Wohnzimmer, so wie früher und spielten Karten. Es war das Einzige, was ihnen geblieben war, nachdem er sie betrogen hatte. Das Kartenspielen täuschte Normalität vor. Er hatte sogar neue Kartenspiele gekauft, wie um ihr zu zeigen, dass sie noch einige Partien vor sich hatten.

Wenn sie mit ihm Karten spielte, spürte sie die Sprachlosigkeit besonders. Sie kroch wie ein kalter Nebel unter den Wohnzimmertisch, nahm ihr die Luft zum Atmen und ließ sie wie erstarrt sitzen bleiben und Karten spielen, bloß damit sie noch ein wenig zusammen waren. Sandra spürte, dass auch er sprachlos war. Während sie die Karten auslegte, wünschte sie sich, dass dieser Film, in dem sie unfreiwillig saß, endlich zu Ende ging. Sie wollte losschreien, was unpassend gewesen wäre, also stellte sie die immer gleichen Fragen nach dem Warum, die er ihr nicht beantworten konnte. Irgendwann sagte er dann zu ihr, wahrscheinlich um überhaupt etwas zu sagen: *Ich war überrascht, dass sie mich mochte.* In diesem Moment wurde Sandra klar, dass es besser war, gar nichts zu wissen und auch gar nichts zu fragen.

Und auch wenn Sandra es monatelang nicht wahrhaben wollte. Sie akzeptierte nun, dass sie ihre erste große Liebe nicht für ewig haben konnte und dass ihr Kapitulieren auch ein *Mit-Der-Zeit-Gehen* war. Man hatte es hinzunehmen, dass es nur noch Lebensabschnittspartner gab. Keine große Sache, es betraf Millionen andere. Und mit der Zeit spürte Sandra immer mehr, dass es auch bedeutete, dass sie nicht mehr in derselben Stadt wohnen konnte, vielleicht noch weiter weg, nicht nach Singapur zu ihrem Bruder, aber vielleicht doch zu ihrer ältesten Schwester, die irgendwo auf dem Land in Norddeutschland wohnte.

Wenigstens bei Anna kam Sandra die Last nur noch halb so schwer vor. Das Haus wird verkauft. Nun doch nicht bis zur Rente warten. Erst verlassen und dann ausbezahlt werden. Fassung bewahren in diesem Schlamassel, auch wenn es schwerfällt.

In den letzten Tagen ihres Zusammenwohnens machte Sandras Mann es ihr leicht. Er duschte ganze dreißig Minuten lang, aß Unmengen an Fleisch und Wurst, obwohl er wusste, dass Sandra zur Vegetarierin geworden war, und er hockte stundenlang in einem komatösen Zustand hinter seinem Laptop.

Setz dich in Bewegung, dachte sie, und war dann doch nicht erleichtert, als er es endlich tat. Als er sprach, konkurrierte seine Stimme mit ihrer Erinnerung, die nicht mehr mit der Realität übereinstimmte. Er war blass und dünn geworden, ein wenig zu dünn, fand Sandra, aber sie sagte nichts. Wie in Trance ging Sandra zum Küchenschrank, nahm einen Teebeutel heraus und hing ihn in die Tasse, obwohl das Wasser, das sie vor Stunden eingegossen hatte, schon längst erkaltet war. Er blickte in ihr freudloses Gesicht, schüttelte den Kopf und nahm ihr die Tasse aus der Hand. Der Druck seiner Hände fühlte sich zu fest und unangemessen an und Sandra wich zurück. Sie stellte den Wasserkocher wieder an und wollte am liebsten sofort losheulen. Aber irgendwie schaffte sie es, die Tränen herunterzuschlucken, während sie noch schnell auf die Taste des Kaffeeautomaten drückte.

Eine Angewohnheit, die sie vor dem Schlimmsten rettete, das vertraute Geräusch des Mahlwerkes und das unanständige Knirschen der Kaffeebohnen. Das Warten auf den Moment, wenn er gehen würde, wurde dadurch ein bisschen weniger schlimm. Denn auch wenn sie alles geklärt und verhandelt hatten, die Symptome der Trauer waren noch nicht vollständig vorüber. Ein wenig hatte sie das Gefühl, als könnte sie heute zum letzten Mal in seinem Gesicht alles, wirklich alles lesen. Und nicht alles, was sie dort las, war deprimierend und hoffnungslos für sie.

Beim Abschied aus dem Haus sagte er nicht viel, jedenfalls nichts Bedeutendes, an das sich Sandra später erinnerte. Es war ganz wie im Kino, nur ohne ein Happy End. Er schenkte ihr die letzten zerrupften Rosen aus dem Garten, die Sandra vergessen hatte zu gießen. Zu mehr reichte es nicht mehr. Sie lagen sich in den Armen. Und Sandra spürte vieles, was nicht mehr wichtig war. Es war dünn und flüchtig wie die knöchernen Rippen unter seinem fliederfarbenen Freizeithemd. Verlegen und unsicher zupfte sie ihm am Ärmel, als ginge es darum, ihn wieder alltagstauglich zu machen. Ganz leicht wich er in Richtung seiner offenstehenden Autotür zurück. Allzu gerne hätte sie ihre Stirn an seine gedrückt. Aber nur für einen kurzen Moment. Dann war der Film zu Ende. Und er bog mit seinem Mercedes um die Kurve an Vanessas Haus herum. Er verschwand und tauchte ein in ein Happyend, das nicht ihres war. *Geht doch*, sagte Vanessa, die im Vorgarten stand, mit ihrer angeborenen Entschiedenheit, die zumindest rein äußerlich keine Schwäche kannte. Und Sandra, die die Gabe hatte, jede Enttäuschung in einen Gewinn zu modellieren, erwiderte diesmal überraschend negativ: *Ich bin mir nicht so sicher.*

Ein bisschen wie auf Zehenspitzen schlich sich Sandra ins Haus zurück. Drinnen im Haus schmeckten ihre Gedanken wie Pfefferminze. Sie machten wach und blieben auf der Zunge hängen wie die Bonbons, die sie einen nach dem anderen in sich reinschlang. Ihr wurde klar, dass sie ihren Mann nicht mehr liebte, sondern nur noch die Erinnerung an ihn.

An diesem Abend putzte sich Sandra die Zähne so lang, bis das Zahnfleisch blutete. Ihre Kinder übernachteten bei ihren Eltern. Keine gute Idee, merkte Sandra mitten in der Nacht, als sie weinend aufwachte und sich allein hinter das Panoramafenster positionierte. Sie begann zu verstehen, dass ein Leben ohne ihren Mann zumindest nicht schlechter sein würde. Keiner mehr da, der ihr die Bettdecke wegziehen würde. Aber im Ernst, sie erspähte eine Perspektive, einen klitzekleinen Lichtblick. Denn irgendwann würden sie sich grüßen, ohne sich wieder näher zu kommen. Da war sie sich sicher. Erst würden die guten Erinnerungen verschwinden, und dann die schlechten.

Während Sandra hinter der Wand aus Glas saß und in den dunklen Abgrund des Tals hineinschaute, kam sie sich vor wie zu Silvester, das sie schon so oft mit ihrem Mann und Freunden hinter den Panoramafenstern gefeiert hatte. In Gedanken prosteten sie sich wieder zu. Sie hielten sich auch wieder an den Händen. Bis die Wolken auseinander trieben und der Mond dahinter hervorkam.

Ein blasses Gerüst aus Spinnweben wurde von ihm angeleuchtet. Gespenstisch silbern lief eine Spinne das Mauerwerk entlang.

In dieser Nacht reichte der Platz für ihre Gedanken nicht aus. Aber ein Vorsatz reichte aus, damit sie wieder einschlafen konnte. Sandra nahm sich vor, mehr an Projekten zu arbeiten, die nie fertig werden. Nicht mehr ein Bild fertig malen, sondern nur noch Dinge machen, hinter die man keinen Haken setzen kann: Freundschaften, Gärtnern, Mensch werden, gegen den Strom schwimmen, den inneren Schmetterling aus dem Netz befreien. Am Morgen danach schmeckte Sandras neue Welt immerhin nicht mehr nach Pfefferminze, sondern eher nach der Kinderzahnpasta, mit der sie sich am Abend zuvor das Zahnfleisch wund gescheuert hatte.

Vanessa konnte nicht so gut mit Verlusten umgehen. Aber sie entdeckte, dass sie Sandra auf eine ganz praktische Art trösten konnte. Ihr berühmter Apfelkuchen war eine Art zu helfen. Oder indem sie einen Eintopf vorbeibrachte. Sie sagte dann, wie um sich zu entschuldigen, dass sie für Sandra mit dem Kochen anfing: *Zugewinn von Freundschaft bedeutet auch, sich gegenseitig durchzufüttern.*

Ein gemeinsamer Kinoabend war auch eine Möglichkeit sich zu trösten. Die drei Frauen saßen dann in Sandras Wohnzimmer. Es war klar, dass sie sich nicht bei

Vanessa trafen. Denn bei aller Hilfsbereitschaft: Vanessas Ordnungsliebe war noch nicht vollständig überwunden. Und so stapelten sich auf Sandras Wohnzimmertisch Berge von Popcorn und Salzstangen, worüber Sandra glücklich war. So fühlte sie sich in dieser Übergangsphase weniger allein. So fühlte sie sich weniger stumm.

Sandra dachte an Anna und Vanessa und dass sie es gut mit ihr meinten. Sie war froh, solche Nachbarinnen zu haben und war bald nicht mehr nur traurig, weil sie ihren Mann, sondern auch, weil sie Anna und Vanessa verlassen musste.

Aber Sandra spürte auch, dass sie damit aufhören musste, nur das Negative zu sehen. Sie war es nicht gewohnt, Angst vorm Weitergehen zu haben. Auch sie musste sich erst wiederfinden. Das begann damit, dass sie Verantwortung übernahm und wieder damit anfing, den Garten zu pflegen, der schon halb verdorrt war von dem vergangenen Sommer. Und obwohl er wie alle anderen Gärten so klein war und es eigentlich nicht viel Arbeit war, mäkelte sie in Gedanken daran herum, warum sie nach der Fertigstellung ihres Hauses nicht einfach nur Betonplatten hineingelegt hatten. Denn in den ersten Monaten der Enttäuschung und Wut war der Garten nur eine Beschäftigung. Später aber freute sie sich wieder darauf, dass sie in den Garten gehen konnte und nicht nur Betonplatten pflegen musste.

An solchen Tagen fing Sandra auch wieder an, an die Zukunft zu denken und sich nicht länger fremdbestimmt zu fühlen. Sie grub dann mit ihrer kleinen Schaufel Löcher für neue Blumen, wie wenn sie etwas sehr Schweres freischaufeln würde. Genaugenommen schaufelte sie an solchen Tagen auch sich selbst frei. Dann hing der Name ihres Mannes nicht mehr unsichtbar in der Luft, sondern sie hörte nur noch dem Surren der Insekten und dem Singen der Vögel zu.

Das war auch das erste Mal, dass sie sich nicht mehr mit den Sorgen und Angelegenheiten anderer Menschen beschäftigte, sondern nur noch mit sich selbst. Sie merkte, dass sie es nicht verlernt hatte, gut für sich zu sorgen. So ungefähr wie beim Fahrradfahren, das man ja auch nicht verlernt, nur weil man länger nicht damit gefahren ist. Man musste sich nur trauen, wieder aufs Fahrrad zu steigen.

Spätestens seitdem sich Vanessas Apfelkuchen im Mund nicht mehr wie Zement anfühlte, wusste Sandra auch, dass es ihr wieder besser ging. Der Computerbildschirm verschwamm nicht mehr vor ihren Augen, und irgendwann trug sie das Gewicht des Hauses nicht mehr auf ihren Schultern. Schließlich war auch der letzte Schritt zur Besserung getan. Denn sie war nicht mehr wütend, dass ihr Mann nun einen anderen Weg beschritt. Sandra lachte wieder, zumindest ein erstes Dreiviertel-Lächeln, sie buddelte weiter im Garten, sie kochte wieder, nur malen konnte sie auf einmal nicht mehr.

Als Sandra und ihr Mann das Haus verkauften, redeten die drei Nachbarinnen endlich über Geld. Wenn die erzielte Summe doppelt so hoch wie der ehemalige Kaufpreis lag, war das schon mal ein Gespräch wert. Alle drei waren sich einig, dass das toll für Sandra war, die sich jetzt wieder etwas Neues aufbauen konnte. Aber sie fanden vor allem, dass es nicht mehr nachvollziehbar war, wenn ihre kleinen kompakten Häuschen plötzlich zu Luxusanwesen wurden.

Irgendwann bekam Sandra von ihrem Mann auch einen Brief. In dem Brief schrieb er nicht, dass es ihm leidtut, sondern er bemitleidete sich eigentlich nur selbst. Und dann schrieb er doch etwas Wichtiges zum Schluss: *Ich bewundere, wie Du in Deinem Leben oftmals lieber den schweren und interessanten Weg wählst als den einfachen und bequemen.*

Als sie sich danach das erste Mal wiedersahen, weinte er mehr als Sandra. Erklären konnte sie es sich nicht.

Kaleidoskop

Sandra wusste, dass Anna mit dem Schreiben angefangen hatte. Als Annas Mutter wieder einmal mit ihrem Enkelsohn zu den Freitags-Demonstrationen gegangen war, schickte Anna ihr eine längere Textnachricht mit einem Gedicht. Sandra fand es gut, was sie ihr erst einen Tag später persönlich sagte. Da hatte Anna schon das nächste Gedicht geschrieben. Es sprudelte wie Musik aus ihr heraus. Und da Sandra nicht einfach so verschwinden wollte, wenn sie aus Salzbach wegziehen würde, klammerte sie sich nun ein bisschen auch an Annas Leben und an ihre Texte, die sie in sich aufsog wie einen Schluck Wasser in der Wüste:

Wer rebelliert schon gegen ein bequemeres Leben?
Wir leben in Häusern, mit denen wir sprechen können.
Wir sitzen vor Fernsehern, die uns sehen können.
Wir tippen in Handys, die Ohren haben.
Wir sehen den Nachbarn, dem es besser geht als uns.
Wir sehen den globalen Bürger, der perfekter ist als wir.
Wir sehen unsere Kinder, die genauso makellos sein sollen.
Gefiltert, gerahmt, gejagt, gelöscht.
Wer rebelliert und macht die Welt zu einem besseren Ort,
wenn nicht wir und unsere eigenen Kinder?

Auf dem Trampolin kamen Anna die besten Ideen. Irgendwann kaufte sich Anna ein zweites und lud abwechselnd Vanessa und Sandra zum Trampolinspringen ein. Aber das war nicht dasselbe. Denn Anna brauchte das sanfte Schwingen und vor allem die Einsamkeit, damit sich die Ideen einnisteten wie in einem kuscheligen Nest.

Wenn sie hüpfte, fühlte sie sich wieder frei und glücklich wie ein Kind und nicht wie eine Erwachsene. Nur Laufen wie Vanessa konnte sie nie. Denn wenn die Ideen kamen, musste sie sofort reagieren und sie aufschreiben, was besser funktionierte, wenn sie zuhause war und nicht auf irgendeinem Feldweg lief.

Wenn die Ideen kamen, versuchte sie auch die Meldungen des Computerprogrammes zu ignorieren, die in Sekundenschritten auf ihrem Bildschirm auftauchten:

Schon wieder ein Meilenstein - Jetzt sind es schon 30.000 Kalorien, die du mit deinen Trainings verbraucht hast! - 30.000 Kalorien entsprechen ungefähr der Menge von 240 großen Keksen - Wir meinen damit die Kekse, die so groß sind, wie eine Untertasse. - Und davon 240 Stück! - Damit könntest du wahrscheinlich mehrere Jahre die Kaffeetafel versüßen - oder Hunderten von Nachbarn eine gelungene Überraschung bereiten - Absolut Spitze - Wir sind stolz auf dich!

Anna klickte die Pop-Up-Fenster zur Seite, wie wenn man Gardinen wegzieht, um freie Sicht fürs Wesentliche zu haben. Wenn das geschafft war, schrieb sie. Und es war ihr egal, ob es später außer Sandra und Vanessa noch jemand lesen würde. Sie schrieb, weil sie schreiben musste. Es gab eine innere Stimme, ihre eigene, in die sie nichts hineininterpretierte und der sie einfach nachgab. Nach allem war das Annas Weg, das Ende nicht nur zu verwalten, sondern den Aufbruch in greifbare Nähe zu rücken. Zunächst nur für sich, Sandra und Vanessa. Aber so war das nun mal mit den kleinen Anfängen. Da machte sie sich keine Illusionen.

Mit der Zeit hatte Sandra, obwohl sie nicht mehr malen konnte, eine andere Idee, wie sie wieder kreativ sein konnte. Nicht mit dem Schreiben, so wie Anna, was Sandra für sich selbst viel zu kopflastig fand. Sie kaufte sich eine neue Spiegelreflexkamera und begann damit zu fotografieren. Dabei nutzte sie erst ihren Wandspiegel im Flur als Projektionsfläche, indem sie versuchte, die Spiegelungen von unterschiedlichen Gegenständen einzufangen.

Später kaufte sie sich kleinere Spiegel in verschiedenen Größen, die sie mit nach draußen nehmen konnte. Manchmal legte sie die Spiegel in eine Kiste, so dass ein kleines Spiegellabyrinth entstand. Auf den Boden der Kiste legte sie die unterschiedlichsten Gegenstände und versuchte, deren unendliche Spiegelung wie in einem Kaleidoskop mit ihrem Fotoapparat abzubilden. Kleine Walnüsse, Tannenzapfen, Blüten, tote Insekten, Papierfetzen. Ein Gewirr aus fremden Welten. Eine Kunst, die erst einmal nur sie selbst verstand. Und Anna, die

Sandras Einfall faszinierend fand. Vanessa fand Sandras gemalte Bilder besser. Bis Sandra heimlich eine von Vanessas Tonstatuen in dieser Kiste abfotografierte und ihr die Datei auf einem USB-Stick in den Briefkasten warf. Bald darauf hing das Foto überlebensgroß als Acrylglasbild in Vanessas Flur. Sandra und Anna wussten nicht, ob das Bild abschrecken oder einladen sollte. *So ist das eben mit moderner Kunst,* fand Anna. Und Sandra fügte endlich wieder lauthals lachend hinzu: *Mit den Männern aber auch.*

Abschied

Als Sandra auszog, schenkte sie Anna ihre Farben. *Die brauche ich nun nicht mehr*, sagte sie Anna zum Abschied. Anna fühlte auf einmal einen richtigen Schmerz. Sie würde Sandra so wie eine Freundin vermissen. Aber der Schmerz steckte tiefer, weil Anna nicht wusste, ob sie sich jemals wiedersehen würden.

Denn Sandra zog mit ihren Kindern in die Nähe von Hannover zu ihrer Schwester. Für Anna lag Hannover zwar nur eine Stunde entfernt von ihrem Elternhaus in Hamburg, aber zu weit weg von Salzbach. Wenn Anna an Hannover dachte, lag mitten vor ihrem Haus in Salzbach der Geruch von Franzbrötchen in der Luft. Die gab es nämlich erst wieder ab Hannover. Weiter südlich lag eine Grenze, die wie ein unsichtbarer Wendekreis den Süden vom Norden trennte. Südlich von Hannover gab es keine Franzbrötchen mehr. Hier war das ganze Jahr über Brezelsaison.

Als Anna daran dachte, wusste sie auf einmal, dass sie nun nicht mehr das miteinander verband, was war, sondern das, was nie sein würde. Und doch hoffte Anna, dass zwischen Sandra und ihr die Brücken nicht einstürzen würden. Dass es nicht so wie bei Nadine werden würde: Erst telefonieren, dann schreiben, dann nicht mehr schreiben und schließlich feststellen müssen, dass aus der Adresse ein Wackelkontakt geworden war.

Anna wusste, dass sie sich anstrengen musste, damit aus ihrer Freundschaft ein längeres Projekt werden konnte. Ohne Fristen, aber mit der Bereitschaft, die Entfernung, die nun zwischen ihnen lag, überbrücken zu wollen.

Anna wusste auch, dass sie nicht mehr dieselben waren. Seit dem Einzug in die neue Welt nach Salzbach hatte sich viel verändert, weil sie sich verändert hatten. Als sie sich zum Abschied küssten, spürten die drei Frauen in stiller Übereinkunft, dass ihre Geschichten nicht ausreichten, um das Wesentliche zu erzählen. Anna drückte Sandras Farben ebenso fest wie Sandra an sich, nachdem sie sich verabschiedet hatten.

Und Vanessa, die außer Geschichtsaufsätzen schon lange nichts mehr geschrieben hatte, tippte an diesem Abend die ersten Gedanken in ihr inneres Logbuch, das von nun an zu einem Kompass der Freundschaft wurde. Etwas später holte sie auch ihren alten Skizzenblock heraus, um aus Buchstaben ein Bild zu malen. Erst mal war es nur für sie gedacht. Aber dann beschloss sie, es mit Anna und Sandra zu teilen.

Im rechten Haus zieht jemand Neues ein. Anna hat gehört, dass er bei einem Automobilzulieferer arbeitet und sie Kindergärtnerin ist. Vor ein paar Tagen lag eine Postkarte in Annas Briefkasten. Auf der Vorderseite eine strahlende Familie mit einem kleinen Mädchen. Schon allein, weil das Kind so klein war, wurde Anna klar, dass sie nur gute Nachbarinnen werden konnten. Denn Annas und Vanessas Kinder gingen bereits auf die weiterführenden Schulen.

Anna erkannte, dass sie und Vanessa zusammen alt geworden waren. Die Zeiten, als sie noch auf den Spielplatz gingen, waren endgültig vorbei. Die Zeiten, als ihre Kinder auf der Straße spielten auch.

Wörter waren zu ungenau, um zu beschreiben, was Anna gerade fühlte. Es war ein bisschen wie ein Abschied im Kleinen, obwohl gerade für jemand anderen etwas Neues begann.

Anna wird diesmal nicht erschrecken, wenn ihr die neue Nachbarin zuwinkt. Anna weiß allerdings noch nicht, ob sie gleich zurückwinken wird. Denn bis vor wenigen Wochen stand Sandra genau an diesem Fenster und tauchte ein in die Welt der anderen, die nicht nur Nachbarinnen, sondern Freundinnen waren.

Die neue Welt

Das Licht, das durch die Gewitterwolke nach unten fiel, sah aus wie eine Klinge. Erst drifteten die Wolken über Salzbach hinweg nach Osten. Wenn sie wieder zurückkamen, war das ein schlechtes Zeichen. Das hatte Anna über all die Jahre, die sie inzwischen schon in Salzbach wohnte, verstanden. Das Zeitfenster, in dem sich die erste Brise zum Sturm entwickelte, war dann begrenzt. Fünf Minuten vielleicht, die einem blieben, um die Gartenmöbel wegzuräumen.

Die ersten Herbststürme kamen in den kommenden Jahren immer früher, manchmal sogar schon im August. Wenn Anna den Wind im Walnussbaum hörte, wusste sie, dass es Zeit war, die Jalousien herunterzulassen.

An einem Tag im September lag nicht nur die Liege von Vanessa auf Annas Terrasse, sondern es hatte auch alle Blätter und Früchte vom Walnussbaum heruntergerissen. Die Blätter und Nüsse waren vom fehlenden Regen so vertrocknet, dass sie durch den ersten Sturm bereits herunterfielen und innerhalb einer halben Stunde auf der Terrasse ein Teppich aus Blättern, Zweigen und Walnüssen lag.

Anna schaute auf ihre Pinnwand in der Küche mit dem ersten Gedicht, das Vanessa ihr geschenkt hatte und das nun schon seit einigen Jahren dort hing: *Groß ist der, der Kleines bewirkt, in dem Vertrauen, dadurch Großes verändern zu können.* Anna hatte das Gedicht laminiert, damit es mindestens so haltbar sein würde wie ihre Freundschaft.

Vanessa sah Anna in ihrer Küche stehen. Annas Blick war voller Fragen und Antworten, die Vanessa auch aus der Ferne entziffern konnte. Vanessa sah, dass Anna an die Zweifel dachte, die die Menschen seit Jahrzehnten hatten, weil sie die Veränderung nicht sehen konnten und es nur abstrakte Zahlen von ein paar Wissenschaftlern waren. Jetzt, wo die Menschen die Veränderung sehen und auch spüren konnten, war es hoffentlich nicht zu spät. Das wünschten sich beide, Vanessa und Anna. Denn der Sturm rüttelte immer noch an den Jalousien, obwohl er im Kalender längst noch nicht vorgesehen war.

Vanessa stand inzwischen auf Annas Terrasse, um ihre Liege wegzuräumen. Mit der einen Hand hielt sie die Liege fest. Mit der anderen Hand winkte sie Anna zu. Anna lächelte. Vanessa rief zu Anna herein: *Meine Güte, ist das windig!* Und Anna, die sich am Stuhl festhielt, obwohl drinnen gar kein Sturm war, dachte: *Liebste Freundin,* und rief zurück: *Pass bitte auf dich auf!*

Nachwort - Ein Sommer

Die Wirklichkeit ist dem anderen zumutbar. Wir wohnen in einer heilen Welt, in einer fast geschlossenen Welt, in der wir unter uns bleiben können. Der Ort hat einen anderen Namen, aber er könnte überall sein. Die großen Autos parken vor ebenso großen oder kleinen Häusern, je nachdem welche Perspektive man einnimmt. Autos und Häuser stehen dicht aneinandergereiht, und jedes Haus ist so lang wie ein überdimensionaler Dackel.

Weil die Grundstücke klein sind, wachsen die Häuser in die Höhe, die Träume aber nicht immer.

Dort wo ich wohne, haben die Menschen in den entscheidenden Momenten ihres Lebens einfach nur Glück gehabt. Wir können uns den Luxus von der Machbarkeit des eigenen Glücks nur leisten, weil wir zufällig in eine seit Jahrzehnten friedliche Zeit hineingeboren wurden. Wir leben auf einer Plattform, weit weg vom Elend der Welt und umgeben von Dienstleistern, die einem das Leben leicht machen, aber von denen es immer weniger gibt, weil die meisten Menschen in Büros arbeiten wollen. Wir wischen und klicken uns durch das Leben und übertragen unsere Angewohnheiten hoffentlich nicht auf unsere Kinder.

Wir sind eine Gesellschaft, in der alles wächst: die Bodenfreiheit, die Geschwindigkeit, die Individualität, die Vereinsamung und schließlich auch die Gleichgültigkeit.

Ich frage euch: Was ist der größte gemeinsame Nenner in einer Gesellschaft, die immer mehr auseinanderzudriften scheint?
 Respekt?
 Nächstenliebe?
 Freundschaft?
 Menschlichkeit?

Während ich darüber nachdenke, das Zelt immer noch fest in meinen Händen, stehe ich mit dem Rücken zu den Dünen und beobachte das Meer.

Mein Blick versucht einen Halt zu finden, aber da ist nur die weite Ebene des Wassers. Der Strand ist verschwunden. Das Land hinter mir verzweigt sich in meinen Gedanken.

Freundschaft, Menschlichkeit, Nächstenliebe und gegenseitiger Respekt sind Werte, die wir adoptieren können. Respekt nicht nur für die Menschen, sondern auch für die Natur.

Diese Werte miteinander zu verbinden, ist eine Aufgabe, die jetzt ansteht und nicht erst in einigen Jahrzehnten, damit die Antworten nicht in der drückenden Sommerhitze kleben bleiben oder im ansteigenden Meeresspiegel verschwinden.

Vielleicht braucht es dafür gedanklich einen starken und beständigen Wind, der das Meer vom Land zurückweichen lässt.

Wenn nicht jetzt wann. Das ist es, was ich damit sagen will.

Seite fürs Poesiealbum

Ich heiße:

Mein Spitzname:

Ich wohne:

Daher komme ich:

Dahin möchte ich gehen:

Geburtstag:

Sternzeichen:

Besondere Merkmale:

Haarfarbe:

Augenfarbe:

Beruf:

Das wollte ich mal werden:

Meine Hobbys:

Lieblingssport:

Lieblingsfarbe:

Lieblingsessen:

Lieblingsgetränk:

Lieblingstier:

Lieblingsbuch:

Lieblingslied:

Lieblingsspiel:

Lieblingszitat:

Ich liebe:

Ich hasse:

Das finde ich cool:

Das finde ich blöd:

Was ich gut kann:

Was ich nicht so gut kann:

Das mag ich an mir:

Das mag ich an dir:

Hier bin ich am liebsten:

Dorthin möchte ich verreisen:

Das will ich noch lernen:

Das ist mir wirklich wichtig:

Das muss ich nicht:

Das wünsche ich mir:

Das wünsche ich mir für dich:

Das wünsche ich mir für euch:

Danksagung

Vielen Dank an meine Nachbarinnen,
die zu Freundinnen wurden.

Vielen Dank an meine Freundinnen,
die Nachbarinnen meines Herzens sind.

Danke dafür, dass das Kapitel der Freundschaft
nie ganz abgeschlossen sein wird.

Die Autorin
Nicole Weis ist Ärztin und berät Krebspatienten zu naturheilkundlichen Begleittherapien. Sie wurde 1970 in Hamburg geboren, hat in Hamburg Medizin studiert und ist nach mehreren Kliniktätigkeiten im In- und Ausland vor mehr als zwanzig Jahren nach Süddeutschland gekommen, wo sie heute in einer Kleinstadt lebt.
Seit ihrem 12. Lebensjahr schreibt sie Romane, Erzählungen und Gedichte.

www.lyrikleben.de